Ricardo Ramos Filho

1ª EDIÇÃO

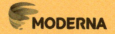

© RICARDO RAMOS FILHO, 2018

COORDENAÇÃO EDITORIAL	Maristela Petrili de Almeida Leite
EDIÇÃO DE TEXTO	Marília Mendes
COORDENAÇÃO DE EDIÇÃO DE ARTE	Camila Fiorenza
CAPA	Marcelo Martinez
DIAGRAMAÇÃO	Isabela Jordani
COORDENAÇÃO DE REVISÃO	Elaine Cristina del Nero
REVISÃO	Andrea Ortiz
COORDENAÇÃO DE *BUREAU*	Rubens M. Rodrigues
PRÉ-IMPRESSÃO	Vitória Sousa
COORDENAÇÃO DE PRODUÇÃO INDUSTRIAL	Wendell Jim. C. Monteiro
IMPRESSÃO E ACABAMENTO	Log&Print Gráfica, Dados Variáveis e Logística S.A.
	Lote: 790985
	Código: 12111625

Dados Internacionais de Catalogação na Publicação (CIP)
(Câmara Brasileira do Livro, SP, Brasil)

Ramos Filho, Ricardo
Maria vai com poucas / Ricardo Ramos Filho. –
1. ed. – São Paulo : Moderna, 2018.

ISBN 978-85-16-11162-5

1. Literatura infantojuvenil I. Título.
II. Série.

18-13275   CDD-028.5

Índices para catálogo sistemático:
1. Ficção : Literatura infantil 028.5
2. Ficção : Literatura infantojuvenil 028.5

Editora Moderna Ltda.
Rua Padre Adelino, 758 – Belenzinho
São Paulo / SP – CEP: 03303-904
Central de atendimento: (11)2790-1300
www.salamandra.com.br
Impresso no Brasil
2024

Para Maristela, com amor.

PENSO,
PERCEBO MINHA
EXISTÊNCIA,
FICO FELIZ.
BOM SER CAPAZ
DE JUNTAR
DUAS OU TRÊS IDEIAS.
NÃO QUE ELAS
VALHAM ALGUMA
COISA...

#

Sou Maria, estou Maria, sei lá, vocês decidem. A filha do coração segundo Eulália, a mãe. Ela tem mais duas da barriga, a Júlia e a Helena, as irmãs. Sempre soube que era adotada e isso não me trouxe problemas. Pois é, Eulália fez tudo certinho, tomou cuidados com a criança escolhida, fala sempre sobre amor à primeira vista. Aí já é forçar um pouco, a mãe não faz por mal. Como alguém pode se apaixonar por uma coisinha amassada, chorona e babona como um bebê? Finjo acreditar.

Cresci bem até demais. Nada me falta, tenho boa noção do que seja benquerer incondicional. As duas manas mais velhas cuidam da vida delas. Estão na faculdade, namoram, pouco vejo. A casa é praticamente só minha. A mãe e o pai, o velho Rubão, ficam fora o dia inteiro. Todo mundo trabalha, menos eu.

Chego da escola bem na hora do almoço. Da rua já sinto o cheirinho da comida da Alice, a melhor cozinheira do mundo. Ela é gente finíssima. Gorda, alegre, está sempre rindo, a gente se diverte. Amigona do coração. Gosto de me sentar e conversar com ela. Tem sempre algum conselho, é sábia, espertíssima. Termino comendo mais do que devia, nem me dou conta.

– Mais um pouquinho do risoto, minha filha?

Assim não dá! Vou acabar perdendo minhas roupas, tendo que renovar o armário. Ficando balofa, balofíssima. Quando reclamo e digo que estou engordando, seguindo o mesmo caminho dela, faz cara engraçada.

– Você ainda tem muito arroz e feijão pela frente – diz.

Tenho meu quarto, meu computador, *tablet*, celular, *ipod*, vivo conectada. Estudo o suficiente para passar, já fiquei com alguns meninos, nada sério, acho legal ter quinze anos. Gosto de escrever, um dia vou ser médica. Sou viciada em séries de TV, principalmente no GP – General Practice, não perco uma temporada.

Eu posto todo dia alguma coisa no meu blog, o *Maria Vai Com Poucas,* no mínimo um texto. Acho bacana ler os comentários. Mando mensagens, discuto bastante, faço questão de tentar convencer meus leitores. Às vezes acabo brigando. Incrível como as pessoas não entendem o que está escrito. Olham uma ou outra palavra apressadamente, acabam perdendo os sentidos. Fico brava e não disfarço. Dá tanto trabalho fazer um texto decente.

Penso, percebo minha existência, fico feliz. Bom ser capaz de juntar duas ou três ideias. Não que elas valham alguma coisa. Reunidas afastam-se de um todo consistente, embora permitam algumas respostas. Se não chegam a compor um raciocínio brilhante, dão para o gasto. Ajudaria, é claro, caso fosse mais

bem preparada, menos tosca. Aprendi, contudo, a poupar a natureza. A gente deve aceitar as próprias limitações. Ando por aí olhando o mundo e tropeço em questões complexas, difíceis para a modesta aparelhagem ao meu dispor. No máximo sobram vestígios de entendimento. Apenas porque penso. Mas não devia. Melhor seria passar em branco. Ser como toda a gente.

Aí vem alguém comentar e diz que estou errada, que deveria pensar sim. Perco a paciência. Ou a pessoa é muito burra, ou não leu direito.

Gosto de ser ambígua!

Na realidade minha cabeça é um festival de dúvidas. Penso, penso, chego ao final do dia cansada de tanto tentar entender as coisas.

Por que a Eulália continua com o Rubão se eles são apenas bons amigos, casamento é isso?

Por que a Helena chega em casa sempre triste e calada?

Por que o Rubão pinta o cabelo? Acho horrível homem pintar cabelo, fica muito brega!

Por que a Júlia namora o Júlio? Ainda se fosse para formar uma dupla sertaneja: Júlia e Júlio. Ele é muito chaaaaaaaaaaato.

Por que Matemática é tão difícil?

Por que está fazendo tanto calor este ano?

Por que as pessoas insistem em morar em São Paulo, uma cidade tão agressiva?

Por que ser médica se gosto tanto de escrever?

E por que o Rabicó, o meu velho cachorro, e não um porco, não para de latir?

Ih, parece que chegou alguém!

FICAVA
LÁ NO ALTO,
NO CÉU DE
CADA NOITE,
ESPIANDO
CURIOSA
O QUE HAVIA
AQUI EMBAIXO.

#

Era o carteiro. Aliás, deveriam mudar de nome, de fato são "conteiros". É só o que trazem, contas e mais contas. Coitados da Eulália e do Rubão. Mas não é que de fato havia carta? Pois é, recebi uma. Um menino da minha classe resolveu me escrever como se fazia antigamente. Não é fofo? Senti o maior frio na barriga na hora de abrir o envelope. Será que era sempre assim no passado? Delícia de sensação!

O Paulinho também gosta de escrever. A gente costuma trocar ideias por mensagem. Outro dia ele disse que seria bacana se usássemos a forma epistolar. Na hora não entendi nada, fiquei olhando para os olhos negros dele. Lindos, por sinal! Percebendo minha ignorância, ele caiu na gargalhada, virou as costas, saiu andando. De longe gritou:

– Procure no dicionário!

Não me contive e gritei:

– Idiota!

Acho que ele nem ouviu, já estava longe.

Na hora pesquisei no celular. Epístola é carta, missiva, correspondência. O Paulinho é muito besta mesmo. Mas os olhos... Viajo neles.

Fiquei toda emocionada. Nenhuma de minhas amigas, tenho certeza, recebeu carta pelo correio. Preciso perguntar para a Irene. Talvez ela minta e fale sobre já ter encontrado várias na caixa postal, não vai querer perder para mim.

Peguei o envelope com as mãos tremendo. Li.

Houve um tempo em que a lua era criança. Não apenas nova, minguante, crescente ou cheia, mas menina, travessa, muito inquieta e brincalhona. Ficava lá no alto, no céu de cada noite, espiando curiosa o que havia aqui embaixo. E por ser mimada por todas as forças da natureza, linda assim tão pirralha e redondinha, tinha sempre aliados para ajudar em seus caprichos.

Uma vez, em uma pequena cidade do interior, noite negra e fresca, quando o circo prometia emoções, ela lá no alto inconformou-se em não enxergar a sessão. Chamou o vento toda sapeca e, naquele charme seu, pediu uma fresta na lona. Então a brisa ficou mais forte, a ventania deu um jeito, empurrou o pano grosso arrastando-o um pouco para os lados, o picadeiro mostrou-se alumbrado.

Ela encantou-se com as graças daquele moço com o nariz vermelho. Riu tanto que a noite ficou clara de alegria. Mais tarde, vagando o olhar como um farol, viu o palhaço recolhendo-se depois do expediente. Ele entrou no vagão e sentou-se próximo à janela. Olhou para o céu. Do fundo dos seus olhos enluarados escapou um choro de soluços. Lágrimas prateadas borraram o branco da maquiagem. Era quase manhãzinha. A lua menina encabulou-se, fugiu, foi esconder o rosto atrás de uma nuvem.

PS: Um dia eu e você iremos ao circo juntos.

Subi correndo as escadas e fui lavar o rosto. Sim, sou mesmo muito sensível. Aquele texto me fez chorar, tão lindo...

Às vezes eu me sinto assim como a lua, a lua menina. Fico olhando o mundo sem entender as coisas direito. E é comum eu me assustar com o visto, até me encabulo com a minha curiosidade, o que fazer? As pessoas me intrigam.

Outro dia estava na janela do meu quarto e percebi um casal passando. Eles iam discutindo. Pararam quase em frente ao portão. A briga rolando solta. Dava para ouvir direitinho o que diziam. Coisas pesadas, acusações, toda a intimidade deles ao meu alcance. Procurei me ajeitar para ouvir melhor, fiquei meio atrás da cortina para não ser notada. O clima foi esquentando, a moça começou a chorar. De repente me deu a maior vergonha. Senti que não tinha direito de ficar olhando aquilo. Fugi correndo daquela cena.

Não é que o Paulinho anda me entendendo direito? Com aqueles olhos negros tão lindos ele consegue me enxergar melhor do que a maioria das pessoas.

Como se faz para responder cartas? Quero mandar uma missiva – que chique! –, respondendo ao Paulinho.

Depois eu pergunto para a Júlia. Ela é toda metida a intelectual, vai saber como fazer.

Preciso encontrar um papel bonito. Na mesa do Rubão deve ter. Ele gosta de imprimir com folhas diferentes.

Pronto!

Precisei ler uma vez um desses livros intragáveis, todo meloso. Não me lembro do título. A história se passava no século XIX. Coisa da escola, fiz prova depois. A mocinha punha perfume no papel da carta. Ponho também?

Umas gotinhas não fizeram mal. O papel está elegante e cheiroso. Vamos ao texto. Vou tentar fazer bem curtinho, quase um poema. Será que o Paulinho vai entender?

Amora tem aroma em si.
PS: Vamos comer amora?

Seria bom se ele percebesse. Em amora também existe amor.

SE ALGUM DIA MORRER, SERÁ CONTRA A MINHA VONTADE.

Adoro meu quarto. Quando eu entro aqui, todos já sabem: o mundo está trancado por fora. Deito na cama, espalho minhas roupas pelo chão – Eulália, a mãe, não entende por que faço questão de deixar uma peça em cada canto. Calcinha, camiseta, jeans, tênis, atiro tudo para longe. Gosto de ficar à vontade. Nessas horas o *tablet* é meu melhor companheiro. Fecho a janela, corro as cortinas, preciso de escuridão total. Ali, toda encolhida, assisto GP.

Vou ser cirurgiã como a Meg, consertar corações, embora também considere a possibilidade de ser pediatra. Talvez por amar tanto o Greg, o jeito dele lidar com as crianças e, principalmente, com os pais delas. Pediatra sempre tem um pouco de psiquiatra também. Quando os filhos ficam doentes, todo mundo pira.

A série já está na quarta temporada e não perdi um capítulo sequer. Fico toda arrepiada quando toca a música do início e a câmara mostra o hospital de longe. Aí ela vai se aproximando, aproximando, até entrar no salão principal onde os médicos estão convivendo. Assim será comigo no futuro. Vou trabalhar em um lugar igualzinho.

Autorretrato. Procuro ser otimista, embora esteja cada vez mais difícil

==manter esse jeito de ser. Já fui mais alegre do que sou. Irrito-me fácil. Não gosto de vizinhos, barulho de qualquer espécie, aglomerados de gente. Falta de educação e de sensibilidade tiram-me do sério, perco completamente os modos. Não bebo, não fumo. Tenho pavor da morte. Se algum dia morrer, será contra a minha vontade.==

 Eu me acho parecida com a Meg. Talvez não seja tão competitiva quanto ela, mas não gosto que pisem no meu calo e quando quero uma coisa luto para conseguir. Outro dia insisti tanto com o Rubão para ele me deixar ir a uma balada... De repente, já cansado de me aturar, ele disse:

 – Como você é insistente, não sei a quem puxou!

 Na hora ficou sem graça. O pai sempre fica vermelho quando está embaraçado. Se pudesse, ele voltava o diálogo e apagava aquela parte da frase. Principalmente porque eu, às vezes, gosto de atormentar as pessoas, pegá-las pela palavra. Aí eu disse que também não sabia. Era o maior problema de a gente ser adotada. Não deixei por menos. Mas foi bom. Os fins justificam mesmo os meios. Imediatamente ele me deixou ir, talvez para se ver livre de mim.

 Mas, como eu ia dizendo, me identifico com a Meg. Em um episódio, conversando com a Grace, sua melhor amiga e especialista em neurologia, ela soltou uma frase. Achei o máximo. Estava deprimida, chorando, reclamando das oportunidades perdidas devido a algumas mudanças feitas na rotina do hospital. E então falou:

– Você sabe há quanto tempo não seguro um coração batendo em minhas mãos?

Já imaginaram? Um dia também vou sentir um coração pulsando em meus dedos. Achei lindo!

Hoje o foco do episódio está no Greg. Ele está atendendo uma loirinha muito fofa. Os pais também são bonitos, casal bem elegante, com jeito de gente rica.

O Greg é muito calmo e criterioso. A anamnese dele é cuidadosa e detalhada. Não sabem o que é anamnese? Eu podia fazer como o Paulinho fez comigo, mandar procurar no dicionário. Mas sou mais legal. Anamnese é a entrevista feita pelo médico com o paciente para ajudar no diagnóstico. Se vou ser médica preciso me informar a respeito dessas palavras. Pois bem, o Greg estava fazendo um monte de perguntas e de repente fez uma até que simples:

– Há algum caso de diabetes na família?

Os pais da criança se olharam. Sabe aquela tensão vista nos filmes? Então a mãe cobriu o rosto com as mãos e ficou quieta. Na hora eu não entendi nada. Se fosse na televisão seria o momento do anúncio. Sorte que no *tablet* eu vejo a série gravada, não houve pausa. Aí o pai falou, enquanto a mulher continuava em silêncio, quase chorando:

— Nossa filha é adotada, não temos como saber.

Aquilo caiu como uma pedra na minha cabeça. De repente eu, sempre tranquila com o fato de ser adotada, enxerguei que tinha uma questão nas mãos. Se um dia eu me casasse e tivesse uma filha, e eu queria ter mais de uma, não poderia passar informações importantes para o médico dela. Desconectei pensativa. E fui ficando triste, triste, o maior bolo no estômago. O ambiente diminuiu, tornou-se pequeno, e então eu não quis mais ficar sozinha. Abri a porta, saí correndo, entrei no quarto dos meus pais. Os dois estavam lendo. Eles adoram ler. Olhei para Eulália e ela para mim. Incrível como ela me lê. Talvez me considere também um livro. Enfiei a cabeça no seu colo e fiquei quietinha. Recebendo cafuné na cabeça. Depois de um tempo, com aquela voz que eu adoro e me acalma, perguntou:

— Algum problema, minha filha?

Não era nada. Dei um beijo em cada um e fui dormir. Mas dormi pouco, muito pouco.

... A NATUREZA OBEDECE, O SILÊNCIO ENVOLVE O MEU CAMINHAR.

Maritacas voam no deserto da minha rua. Observo parada na calçada. Fazem barulhenta festa. Elas no céu, eu no chão. Movimento-me ouvindo a gritaria áspera que se afasta, meus passos amaciados em folhas secas úmidas, passeio atapetado. Quando o som se extingue, quase como em um psiu distante, a natureza obedece, o silêncio envolve o meu caminhar. O vento gelado pinica minhas orelhas e acorda dentro de mim um bem-estar sem propósito. Aquece o meu coração. Ele bate, ataca, maritaca.

Hoje acordei cedo e, antes de sair para a escola, postei o texto acima. Preciso escrever quando estou triste. Não dormi direito pensando que, embora eu me considere tão feliz e normal, existem coisas fora do meu controle capazes de influenciar meu futuro. Afinal, ser adotada não é uma questão apenas de amor – e isso eu tenho de sobra –, mas também aceitar o fato de que algumas perguntas ficarão sem respostas.

Às vezes eu tenho saudade do inverno, principalmente quando faz calor como tem feito. Acho o frio chique.

Droga de roupa! Seria muito mais legal se pudesse sair de casa sem o uniforme. Acho essa coisa de querer todo mundo vestido igual uma bobagem. Até por sermos diferentes. Hoje, por exemplo, eu queria sair de vestidinho e sandália. Com a manhã linda lá de fora ia ser bem mais confortável. Não à toa as maritacas estão fazendo tanto barulho. Tem uma árvore aqui em frente de casa infestada por elas. Acho hilário ficar observando as brincadeiras delas. São engraçadas, inesperadas, nunca dá para prever qual reação terão. Parecem comigo. Pronto! Já estou me sentindo mais animada. A vida é bonita, certamente vou encontrar o Paulinho, não estou grávida para ficar me preocupando com possíveis filhas. Seria maluquice ficar chorando pelos cantos. Certo, sou um pouco doida, mas só um pouquinho. O futuro a Deus pertence. Ups! Essa fala é da Alice e não minha.

Ônibus cheio para variar. Encontro um comentário no blog. Ele é sempre o primeiro a responder. Quer saber onde fui encontrar um vento gelado para pinicar minhas orelhas com esse tempo. Paciência, Maria! Paciência, Maria! Nem todo mundo conhece o significado de ficção. Vai ficar sem resposta o Fã. Ele se assina assim. É, eu tenho fãs.

Encontro com a Irene logo ao descer. Ela gosta de me esperar no ponto. Tão previsível... Incapaz de me fazer surpresas. Diariamente está me aguardando no mesmo lugar, mesma hora, o cumprimento de sempre:

– Oi, miga! Tudo dibes?

E, se eu reclamo de alguma coisa, imediatamente começa a tentar me convencer de que vivemos no mundo mais maravilhoso do mundo. No universo dela não há crise, tudo é cor-de-rosa. E fica danada quando a chamo de Barbie. Loirinha e toda otimista... Não faz o tipo? Às vezes fico até preocupada. Ela deve esconder muita coisa debaixo dessa capa de felicidade. É minha amiga, seria bom se pudesse se abrir comigo. Mas nunca se solta. Nem quando vai mal na prova. Tem um riso permanente estampado no rosto. Irene apenas ri. Tenho medo. O que irá acontecer se algum dia não conseguir mais segurar e esconder todos os sentimentos mais verdadeiros? Certamente estarei lá para ajudar. Não é para isso que servem as amigas?

– Tudo, Irê! Adivinha o que aconteceu comigo?

– Conta logo, não faz suspense!

– Recebi uma carta do Paulinho.

– Carta?

– Sim, aquilo que vem dentro de um envelope de papel, nunca viu? – Irene riu. Não é necessária muita coisa para ela cair na gargalhada.

– Do Paulinho?

– Hum, hum...

– Posso ler?

Obviamente não deixaria a Barbie ler a minha carta. Não poderia abrir uma coisa tão íntima. Nem mesmo para a minha melhor amiga.

– Você me deixaria ler uma carta sua?

– Óbvio que sim!

– Mentirosa!

Irene olhou bem nos meus olhos, muito séria e, como se fosse brigar comigo, botando as mãos na cintura dizendo:

– Tá bom! É bem possível que eu não deixasse você ler uma carta minha.

E a gente seguiu andando juntas para a escola. Por isso gosto tanto dela.

VIVER É ESCAPAR POR ENTRE VÃOS DE MISÉRIA.

#

Noite. Helena sobe as escadas correndo. Séria, muito séria. Embora só tenha conseguido ver seu rosto de relance, minha intuição diz que ela não está bem. Corro atrás, mas não dá tempo. Ela bate a porta do quarto, tranca-se. É sempre assim, ando cheia de tanto mistério. Minha Lena tão querida, do coração. Bato. Silêncio. Bato novamente, silêncio.

– Vou bater nessa droga dessa porta até você atender – grito.

– Me deixa em paz, Maria!

– Abre essa porcaria!

– Não vou abrir, vai embora!

– Pô, Lena, só quero ser sua irmã!

Silêncio. Lá dentro só o barulho do colchão, as molas rangem com algum movimento mais brusco. Olho pelo buraco da fechadura e vejo Helena com a cara enfiada no travesseiro, soluçando. Sinto vontade de chorar também. Não aguento ver pessoas amadas sofrendo.

Qual a razão de tantas lágrimas, tamanho pesar? Ainda vou descobrir. A Alice vive me chamando de sarna. Quando cismo com alguma coisa não dou sossego. Preciso entender. Alguma coisa muito séria está acontecendo com minha irmã. Ela está precisando de mim.

Não adianta ficar aqui parada no corredor.

Em matéria de fé meu coeficiente é zero. Gente não me convence, tenho problema com religião, meus deuses costumam expirar. Vejo com acentuado ceticismo. Depois de um dia ruim, tenho certeza, virão outros. Descrença e pessimismo caminham comigo, íntimos, não nos separamos. O real desaconselha ilusões, ingenuidade é burrice. Presta bem pouco esse mundo. Viver é escapar por entre vãos de miséria. Vislumbrar migalhas de contentamento, perder o fôlego com certas belezas, deixar o olhar pousar mansamente em alegrias pequenas. Respirar é alimentar vaidades. Só. Acredite se quiser. A gente morre mais ou menos bem vestida.

Outro post no *Maria Vai Com Poucas*. Escrevo influenciada pelo episódio com a Helena, é claro que não sou pessimista. FICÇÃO! No meu quarto boto a emoção para fora escrevendo, como sempre. Mais uma vez terei problemas com o entendimento do texto. Ninguém consegue perceber que a Maria do blog não sou eu, é apenas uma personagem. Sei que é difícil. Nem eu mesma entendo direito quando sou ficção. Frequentemente estranho os textos, as produções. É como se outra pessoa tivesse escrito. Mas há um pouco de mim nas entrelinhas, deve haver. Em algum lugar me escondo.

Lá embaixo a Júlia e o Júlio estão na sala. Não se largam. Por que será que namorados precisam estar sempre com os dedos entrelaçados? Tão incômodo... Eu suo, por exemplo. É só alguma coisa me assustar. Trânsito, buzina, gente estranha, barulho, pombas, latidos, freadas, tudo umedece meu tato, os dedos ficam frios por nada. Se o Paulinho vier a andar comigo um dia, não irei molhar as mãos dele. Eu não gostaria – que nojo! – de segurar coisas geladas e escorregadias como lagartixas. Minha pegada às vezes tem a mesma textura. À noite, quanto os lugares estão cheios e os namorados tomam as calçadas, é um saco. A gente quer andar e tem de ficar desviando. Tenho vontade de passar bem no meio deles, fazer os pombinhos se soltarem. Qual será o código, o significado do gesto? Marcam território. O gatinho ou a gatinha já tem dono, procure em outra freguesia. É assim que eu vejo. Os meninos de peito estufado conduzindo as namoradas como se fossem donos delas, e vice-versa.

Não aguento, vou ter que ir lá alugar os dois. Impossível perder a oportunidade de incomodar o Júlio. O namorado noveleiro da minha irmã. Sim, ele gosta de novela.

– Pode largar a minha irmã, Júlio, ela não vai fugir!
– Boa noite, Maria, como vai a sua tia!

Como ele é idiota! Não dá nem para responder.

Ignoro meu futuro – tomara que um dia seja ex-futuro – cunhado e pergunto para a Júlia como faço para mandar uma carta.

É claro que o Júlio me chama de burra, ele não deixaria passar a oportunidade.

Não sabia ser tão simples. Procurei o remetente na carta do Paulinho. Dobrei meu papel perfumado, aquele onde escrevi minhas palavras, coloquei em um envelope bonito, a Júlia me arranjou um, enderecei caprichando na letra. Amanhã levo ao correio aqui perto de casa. Fácil!

Só vou conversar com o Paulinho depois que ele receber a minha missiva. Talvez então eu me declare, diga o quanto viajo nos seus olhos. Mais uns dois dias. Só de pensar minhas mãos ficam geladas e molhadas de suor.

A POESIA SE ALIA AO SENTIMENTO E NÃO HÁ UM PINGO DE SOMBRA LÁ FORA.

Na escola a Mirela veio me acusar de ser seletiva. Incrível como existem pessoas capazes de dizer coisas assim. Estapeiam a gente com as palavras. Ela não faz por menos. Ô língua! Quando neguei citou meu blog. Você não é a Maria vai com poucas? Pensando bem é verdade. Amarrei a cara, saí de perto, mas ela tem razão. Talvez por isso não goste dela, quando fala é como se deixasse a gente nua na frente de todo mundo. Parece sentir prazer nisso. Manipula as verdades com maldade. Bruxa!

Eu realmente não falo com todo mundo. Ser a mais popular da classe nunca foi meu projeto. Já pensei bastante e cheguei à conclusão de não ser por timidez. Sou introspectiva em alguns momentos, nem sempre é tão fácil me colocar, mas não é por isso. E para falar a verdade eu não sei bem por que prefiro ficar na minha, com meus poucos amigos. Muitas vezes acho melhor estar comigo mesma. Refletir. Não sou desconfiada, como algumas coleguinhas gostam de dizer, apenas não quero me expor tanto. Se ficar falando o tempo todo, rodeada de gente, acabo perdendo detalhes importantes para mim. Tem muita coisa na vida para ser vista e entendida... Não sou seletiva da maneira como a bruxa da Mirela afirma. Apenas preciso gostar muito das pessoas para andar com elas. Não há um teste de seleção para que possam conviver comigo. Quando gosto, amo muito. E isso não acontece toda hora.

==Acordo o dia bem em mim. Luz, claridade, um sol bonito de nem sempre iluminar meu humor. Feliz por dentro. Recebo logo cedo carta. E cada palavra dita é bendita. Junto tudo em alegria porque hoje é sábado. E, se a vida não vem em ondas como o mar, é amor o que deveras sinto. Da janela do meu quarto vejo a rua. A poesia se alia ao sentimento e não há um pingo de sombra lá fora.==

Talvez esteja apaixonada. Uma carta seria capaz disso? O Fã faz pergunta parecida. Quer saber quem é a razão dos meus suspiros. Tonto! Novamente, como quase sempre, ficará sem resposta. Enquanto não souber separar a Maria do blog daquela da vida real será difícil me entender. Mas ele até que tenta, coitado. Será que é bonito? A foto do mural certamente não é dele.

Pode ser que no fundo esteja querendo mesmo é me envolver com alguém. Amar. De um jeito diferente. Não como vejo o Rubão e a Eulália se relacionarem. Aquela coisa morna e sem sal.

Outro dia perguntei para a mãe:

– Você gosta do meu pai?

– É claro que sim, filha, ele é um homem bom.

Não sei se eu quero um homem bom. Talvez precise de mais coisas, não apenas bondade. Honestidade, seriedade, companheirismo, tudo isso é apenas o básico. Eu gostaria de ter o brilho não visto nos olhos deles. Formam um casal tão certinho... Nunca brigam, discutem, conversam animadamente, estão sempre voltados para seus próprios mundos. Isso! Não percebo entre eles um elo comum. Talvez só a gente apareça como assunto a uni-los. Como um casal pode ficar a vida inteira apenas conversando sobre os filhos? Eu nem sei se os terei... Agora ando pensando, talvez desista de ser mãe.

Quero fazer planos com a pessoa que estiver do meu lado. O Rubão e a Eulália não têm projetos para o futuro. Apenas deixam a vida os levar, como diz a música.

O texto às vezes me testa e as palavras ficam caladas dentro de mim fingindo estarem mudas de não precisarem dizer nada. Os falares não ditos ou escritos se encolhem e buscam as minhas sombras mais esquecidas apenas para me forçarem a congelar a mão no teclado e deixar os dedos tolos e tontos a tatearem pensamentos fugidios. Emudeço de autorar nessa brincadeira capaz de me cansar "tantissimamente" tanto que chego a pensar que essas horríveis letrinhas da história a ser juntada são na verdade farelos de um conto de terror.

Preciso que minha vida seja um conto de amor. Embora nada saiba sobre o meu passado, minha origem deve ter sido um conto de terror. Poderia inventar muitas histórias, tentar explicar o sucedido com a mãe que não pôde ser minha. Não pôde ou não quis. Mas qualquer tentativa, tenho certeza, seria um amontoado de lugares comuns. Não existem histórias diferentes o suficiente para explicarem o ocorrido com a mãe que oferece seu bebê para adoção. Todas se parecem e todas, com certeza, são tristes e melancólicas. Talvez, por isso, nunca precisei conhecer nada sobre minha origem. Mas é isso, minha história, a que ganhei, não posso mudar. Clarinha, a professora de Literatura, sempre fala sobre eu possuir alma de escritora. Devo ter mesmo. Gosto de textos inusitados, bem escritos. A história sobre a adoção de Maria certamente é comum. Não valeria a pena ler.

ESCORREGO POR ENTRE AS TECLAS DO COMPUTADOR TAMBÉM INQUIETA.

\#

O Rabicó veio para casa quase junto comigo. A gente cresceu um do lado do outro, sempre. Para mim é o meu cachorro, sou para ele sua dona. O rabo dele é cotó desde o nascimento, por isso o nome. O meu vira-latinha foi fácil de batizar, não poderia ter um nome diferente.

De certa forma nós dois tivemos muita sorte. Encontramos uma família legal para cuidar da gente. Ele, tanto quanto eu, é adotado. Mas sempre teve tudo o que precisava. Carinho nunca faltou.

Embora seja de médio porte, o Rabicó se considera enorme. E cuida da gente com todo o cuidado do mundo, como se fosse um super-herói. Mesmo agora, quando mal se aguenta em pé, chegando a ganir de dor quando precisa se levantar e andar, ele late quando alguém se aproxima do portão. Sai esbarrando em tudo, pois já não enxerga direito, e fica rosnando, todo nervoso. Um rosnado pigarreado de velho.

Quando estou em casa saio lá fora só para acalmá-lo. Faço carinho naquele querido que já foi amarelo. Agora nem mais cor ele tem direito, os pelos brancos se intrometendo por todo lado. Ele então olha com a maior meiguice possível e me dá uma lambida delicada, que é o jeito dele beijar.

Corta meu coração ver meu amado se arrastando, o fraldão apertado abaixo do pedaço de rabo preso entre as pernas traseiras. Agora ele precisa usar, pois já não se controla mais e faz a maior sujeira no quintal.

Ele está muito velhinho e doente. Vem brigando com um câncer já faz um tempão. Do jeito dele brigar, com toda a força e coragem do mundo.

Um dia, a gente tinha uns 7 anos, a Eulália nos levou para passear em uma pracinha aqui perto de casa. Nunca vou me esquecer. Eu estava no balanço, mamãe me empurrando e ele solto, sentado nos olhando, o linguão de fora. Nisso ouvimos a maior gritaria. Uma criança muito pequena tinha escapado da babá e estava correndo em direção à avenida, que é muito movimentada. Todo mundo pedia para ela voltar, na maior aflição. Mas ela ria, toda inocente e corria ainda mais. A empregada, gordona, não iria conseguir chegar a tempo. Aquela menininha linda corria um risco enorme de ser atropelada. Rabicó saiu como um corisco, correndo muito e alcançou num instante aquela coisinha levada, interrompendo o caminho dela com o corpo. Quando viu o cachorro ela ficou encantada e sentou no chão, querendo brincar. Foi o tempo de a babá chegar. A praça inteira bateu palmas para o Rabicó. Eu desci do balanço, saí correndo e dei o maior abraço no meu lindo.

Trago apenas um exemplo do quanto ele é forte, decidido e corajoso. Mas está perdendo a luta, coitado. E sofrendo tanto...

A veterinária ontem chamou Eulália para conversar. A mãe me perguntou se eu não queria ir junto.

Estamos aqui, na sala de espera. Eulália segurando minha mão e me fazendo cafuné. Sou diferente das minhas amigas. Não tenho vergonha de receber carinho na frente dos outros.

A Dra. Zilda sempre cuidou do Rabicó. Talvez seja a única pessoa fora da família que ele não estranhe. Gente boa. Nunca vi quem gostasse tanto de bicho.

Recebeu nós duas com a simpatia de sempre, falou que eu estou crescendo, ficando cada vez mais linda. E não é para gostar muito dela?

Janela do meu quarto. Moldura. Lá fora o vento movimenta poucos verdes. Cidade. Asfalto molhado de chuva passageira. Luz indo e vindo. O sol morre de preguiça, se esconde e volta encabulado, morno. Sons esparsos chegam lá de baixo. A vida se arrasta molemente. Escorrego por entre as teclas do computador também inquieta. Meio natureza morta dentro desse quadro a ser pintado. Parada e quieta, ideias poucas e desconexas, em câmara lenta. Sono. O dia rejeita as horas, se rebela, não quer começar.

Acordei triste. A conversa na clínica veterinária foi bastante difícil. Eu chorei muito e Eulália me acompanhou, também derramou algumas lágrimas. A Dra. Zilda explicou as coisas bem direitinho. O Rabicó está sofrendo muito, o câncer piorando, os remédios não ajudam mais a combater a dor. Daqui para a frente a agonia será pior, o bichinho vai sofrer demais. Ela também se emocionou quando estava falando. Lembrou que é amiga do nosso cachorro, sempre cuidou dele. Sugeriu uma injeção, espécie de morte assistida. O Rabicó iria sentir-se confortável, sem dor, desligar-se mansamente do mundo, morrer pensando que estava dormindo. Para não sofrer nunca mais.

Aqui no meu quarto, acordei cedíssimo e estou morta de sono, sinto a cabeça como se estivesse fritando. Já escrevi, tentei me equilibrar, mas não há equilíbrio possível. De certa forma o Rabicó é meu irmão de criação. Nós dois fomos adotados juntos. Quando a Eulália, com aquele jeito delicado que tem comigo, disse ser a melhor solução, tentando me convencer a aceitar a proposta da Dra. Zilda, pedi um tempo. Não seria uma coisa para se fazer sem muita ponderação. E agora? Estou meio perdida, precisando sair e ir para a escola. Como? Não é fácil carregar o peso da decisão a ser tomada, arrastar para a sala de aula tanta agonia. Se não permito, vou acompanhar o sofrimento enorme do meu amiguinho; se aceito a injeção, me despeço dele para nunca mais sentir o seu focinho no meu rosto. Jamais tive uma escolha assim difícil pela frente. E estou me sentindo tão triste...

SINGRAR.
SANGRAR.
SINGRAR.

#

Estamos aqui na clínica veterinária. A família veio inteira, até Alice fez questão de estar presente. O clima é de velório. O Rabicó acomodado no meu colo, no banco de trás do carro, olhou-me o tempo todo desconfiado durante o trajeto, não devia estar entendendo nada. Sabe que estou triste. Mesmo sem enxergar direito percebe meus olhos vermelhos. Não consigo parar de chorar. Talvez intua: não voltará mais para casa.

    A escolha foi difícil, doída, terrível. Depois de pensar bastante, às vezes penso ter nascido para queimar os miolos, resolvi aceitar a proposta da Dra. Zilda. Não posso mais ver meu querido cãozinho penando tanto. Está decidido. O sofrimento daqui para a frente será todo meu. Pela falta, não posso imaginar a vida sem o Rabicó, e pela consciência, vou carregar comigo a vida inteira a convicção de ter optado por matá-lo. Sim, de certa forma sou um tipo de carrasco. Mas uma coisa é minha dor, a revolta comigo mesma, e até posso aprender a lidar com isso; outra é ver quem a gente gosta entregue a todo tipo de sacrifício. Quero um fim digno para meu cachorro. E ele vai ter, mesmo eu nunca mais me perdoando.

    Juntos. Cada um de nós está fazendo de tudo para apoiar o outro. Somos mesmo uma família e tanto. A Lena já me fez carinho, beijou-me zilhões de vezes, não sai do meu lado. Minha Júlia, tão querida, fica procurando o tempo todo o meu olhar. Desde quando eu era pequenininha, ela garante ser capaz de me transmitir força telepaticamente. Antigamente eu acreditava piamente nisso. A Eulália e o Rubão estão aqui, firmes, sempre serão meu porto seguro. E a Alice, a maior cozinheira do mundo, parece meio deslocada fora da cozinha, mas com sua alegria ingênua já conseguiu arrancar-me alguns sorrisos. Mesmo eu não querendo rir. No momento só desejo dar conta desse nó horrível na garganta. Chorar, chorar, nada me parece mais adequado.

Tudo muito profissional. Não pude deixar de pensar em o quanto devem estar acostumados a lidar com a situação. De certa forma eles curam até onde a medicina deles consegue. Quando nada mais há a fazer, a condenação é imediata. Quantos já não devem ter matado? Cães, gatos, passarinhos...

Deveria estar tentando olhar as coisas de forma mais positiva. O Rabicó veio morar com a gente quando era uma coisinha capaz de caber na palma da mão. Cresceu cercado de carinho, bem alimentado, feliz. Conheceu algumas cachorrinhas, foi pai, espalhou descendentes por outras casas. Nunca lhe faltou nada. Exatamente como aconteceu comigo. Quer dizer... Ainda não espalhei crianças por aí, mas gente é diferente.

Talvez seja por isso. Gente é diferente. Não estamos acostumados a decidir pela morte das pessoas com quem convivemos. Minha madrinha, por exemplo, também anda lutando com um câncer. Mas ninguém vai dar uma injeção na Dinda para ela descansar em paz. Pelo contrário. Há um constante entra e sai do hospital. Ela vai para lá, passa um tempo, recuperam a pobre da melhor maneira possível para poder voltar para o seu sofrimento em casa. Coitada! Carrega uma cruz que não tem mais tamanho.

Deveria tentar olhar as coisas com mais otimismo, mas como? Daqui a pouco o Rabicó descansará. Será que vai doer?

A Dra. Zilda garantiu: "Não vai!". Ele tomará uma injeção, e já tomou tantas que nem mais estranha, sentirá então um calorzinho gostoso, irá relaxando, relaxando, dormirá enfim para não mais acordar. Haverá algum tipo de sonho nesse momento? Como será um sonho bom de cachorro?

A injeção já foi dada. Rabicó está deitado com a cabeça no meu colo. Não tira os olhos de mim. Parece tranquilo. Calmo e confiante, do meu lado nada de mal poderá lhe acontecer. Sempre confiou em mim.

Não tenho noção alguma da família ao meu redor. Nesse momento somos apenas nós dois. Acabou o choro, devo ter secado por dentro. Gostaria de também conseguir passar força com o olhar. Ele me observa, olho para ele, tento dizer o que não conseguiria com palavras. Falar do meu amor, agradecer, meu querido Rabicó.

De vez em quanto ele se demora um pouco no cerrar dos olhos. Os intervalos são cada vez maiores. Mantém as pálpebras fechadas por um tempo mais longo. Eu me assusto, temo pelo fim em total desespero. Mas então volta a me encarar, como se quisesse ter certeza de minha presença. E passa tanta meiguice que não resisto e beijo aquele focinho tão querido.

O silêncio é enorme. Ninguém fala, acabo de ouvir um soluço da Ju. Mas não desvio a atenção. Rabicó continua meio apagado, arrasta um pouco a cabeça no meu colo para ficar ainda mais confortável. Sinto sua pele fria e, imagino, dali para a frente a temperatura baixará continuamente.

Tento imaginar um céu de cachorros. Como seria? Queria tanto acreditar em um céu de cachorros...

Singrar.

Sangrar.

Singrar.

Já faz um tempinho ele fechou os olhos. Alguma coisa me diz: MORREU! Beijo novamente seu focinho e não consigo mais me controlar. Choro o maior choro da vida. E é como se eu estivesse ganindo.

A GENTE
ACABA SE
ENTENDENDO,
MAS NÃO EM
UM PISCAR
DE LETRAS.

#

Balada! Nada como uma festa para melhorar o ânimo da gente. Adoro dançar e vou me acabar na pista. Já que só toca música eletrônica, e esse tipo de som não tem outra utilidade, meu plano é dançar a noite toda. Dança é o melhor remédio para dor.

Estou me sentindo um arraso de salto alto e longo. A Olívia está comemorando 15 anos de idade, vai fazer tudo dentro dos conformes. Os meninos estarão de terno e gravata. Lindos! Nunca vi o Paulinho de terno e gravata. Será que vai ficar bonito? Magro, alto, cabeludo e com aqueles olhos... Todo chique. Meu coração bate mais rápido só em pensar.

Quando declaro meu amor por Eulália fica todo mundo me olhando estranho. Digo mesmo, falo para quem quiser ouvir. Amo de paixão! Ela fez questão de me maquiar. Com a Lena e a Ju por perto palpitando o tempo todo. Às vezes imagino que elas me consideram uma das bonecas delas. Já cresceram, não brincam mais, mas talvez eu seja um elo com os brinquedos perdidos. Até o Rubão veio ver a operação faz-a-Maria-linda. E fiquei mesmo, modéstia à parte. Maquiagem discreta, perfeita. Nunca pensei que eu pudesse ficar tão misteriosa. Gosto de esmalte vermelho, combina com o meu vestido azul-marinho. Acho que o Paulinho não vai resistir. Tomara!

Os meninos estão demorando a chegar. Como não irão servir bebida foram a um esquenta antes. Algumas meninas da classe também. Eu não. Nada de álcool! Prefiro manter a consciência do sucedido em minha volta. Gosto de me sentir lúcida. Mesmo de posse da razão às vezes acho tudo tão complicado... Penso, penso, me esforço tanto para encontrar sentidos, um motivo capaz de explicar as complicações dessa vida. Por mais que procure não vejo nada assim tão claro, imagine com umas cervejas para ajudar. A mãe – adoro dividir minhas coisas com ela – diz que eu pareço uma velha em corpo de menina. Está me passando recado, dizendo para eu me soltar, não levar tudo tão a sério, mas não consigo. Somos o que somos, não dá para fingir sentimento. Além disso, sou péssima atriz.

É claro que eu e a Irene fomos juntas. Os pais dela passaram em casa pra me pegar. Eulália e Rubão vão buscar a gente no final da festa. Os velhos estão sempre atrás de um jeito de facilitar a vida deles. Estão certos.

A Irê está uma gata! Achei o decote dela o máximo. Já estava na hora de ela lidar melhor com o complexo por ter seios grandes. São maravilhosos, por que viver usando camiseta larga para escondê-los? Tem mais é que mostrar mesmo. Os meus são tão pequenos... Não acharia ruim se fossem um pouco maiores. Com esse decote, pintada, de salto alto e vestido longo vermelho, minha amiga está a própria loira fatal. É hoje que fica com o Caetano. Estou torcendo por ela. Linda!

De tempos em tempos as palavras, tão presentes em minha atenção, tornam-se ainda mais visíveis. É como se decidissem, quase em um complô, arrebatar minha intenção. E tudo se traveste então em sentidos. Neles me perco, invento, descubro. Elas, as palavras, são o meu recreio. Inverto amora e encontro aroma. Percebo vida e sangro em singrar. E todas as leituras se transformam em expectativa. De repente salta do papel muito moleque um dizer qualquer. A gente acaba se entendendo, mas não em um piscar de letras.

O Paulinho chega. Um pouco alterado e alegre, mas está aqui comigo, dançando. Olho no olho. Delícia! Acho que nem vai precisar de conversa. Recebeu a minha carta, claro! As luzes estão piscando no ritmo do meu coração. Puxo ele pela gravata mais para perto. Olho no olho. A mão dele roça na minha e dá choque. Energia tão boa... Pergunta se quero namorar. Assim, dançando, podia existir cenário melhor? Apenas balanço a cabeça concordando. É que as palavras não saem. Engraçado, não é mesmo? Ficam entaladas na garganta. Sim, é claro que quero! Já venho querendo há tanto tempo...

Pertinho da gente, também na pista improvisada, a Irê e o Caetano. O mais bacana de tudo é que o Cae é amigo do Paulinho. Vamos poder sair juntos.

Se teve beijo? Claro! Mas isso é coisa íntima, não vou ficar aqui descrevendo para vocês. Só sei que foi bom, quase desmaiei. Digo, foram bons, um melhor do que o outro. E chega!

A nota triste da festa foi o que os meninos aprontaram. Um pouco engraçada, não dá para negar. Em determinado momento repararam em uma banheira grande, daquelas de mármore, em um dos banheiros da casa. Não deu outra. A notícia se espalhou e os rapazes resolveram tomar banho nela. Cerca de dez meninos entraram no banheiro, encheram a banheira, tiraram a roupa e resolveram se refrescar, estava o maior calor. Mas deixaram a porta aberta. O Marcos percebeu, entrou de mansinho e roubou as roupas, deixando os meninos pelados ali, sem ter como sair, presos. Foram encontrados mais tarde pelo pai da Olívia, o maior vexame.

Só fiquei sabendo disso aqui na escola, pelo Paulinho. Quando aconteceu, eu e a Irene já tínhamos ido embora.

Recreio, estamos no pátio sentados em um banco sob uma julieta toda florida. Os passarinhos estão cantando em volta, o dia lindo, felicidade demais. Jamais escreveria um texto assim. Ficaria ridículo, mas estou tão apaixonada...

EM UMA
PRAÇA
O VENTO
LEVANTA
FOLHAS,
DIVERTE-SE
FAZENDO
ARRUAÇA.

O Rabicó morreu já faz um tempinho. Às vezes ainda penso no meu cachorro, embora cada vez menos. Ele aparece em sonhos, adoro quando isso acontece. Normalmente está jovem, esperto, seu jeitinho de antigamente. O mesmo de sempre. Outro dia, porém, tive um pesadelo e acordei chorando. Nele eu via o cãozinho querido enterrado. Havia chovido, estava frio e ele parecia estar assustadíssimo com a escuridão, muito pouco confortável com toda aquela água inundando o túmulo. Debatia-se, uivava, provavelmente com medo e frio. Foi horrível de ver, tão real... Aquela imagem ainda me persegue de vez em quando.

Pomba. Suja e feia cisca no meio da via. De um carro desvia meneando a cabeça. Parece concordar com alguma coisa. Prende no bico um pedaço de pão preto duro, velho. Chacoalha para um lado e para o outro, acaba atirando para longe o naco encardido. Não desiste. Recupera aflita o alimento. De beliscão em beliscão come um pouco. Mas continua atarantada. Pequenos voos rasantes sem destino certo. Movimentos convulsos, sem nexo. Tristes. Arrulha como se

vaiasse a si própria. Nem parece ter asas. Se atinasse com elas tomava tento. Voava longe da cidade grande.

Dezembro. O Paulinho viajou para a praia com a família e estou morrendo de saudade dele. A Irene também está fora. Incrível como a cidade está vazia, ninguém importante.

A Helena, em recesso de final de ano, só volta a trabalhar no começo de janeiro. Parece mais feliz. Hoje consegui entrar no quarto dela para conversar. Estamos nós duas aqui em cima da cama.

– Por que você anda tão triste, chega em casa sempre chorando?

– Esquece! Melhor não tocar no assunto agora.

Não vai conseguir fugir de mim hoje. Encosto melhor no travesseiro e insisto:

– Dá uma pista.

Ela para, pensa, vejo seus olhos marejarem.

– Você sabe o que é assédio moral?

E então começa a falar sobre o chefe, um tal de Marcelo. Conta que ele humilha as pessoas na frente de todo mundo e, ultimamente, resolveu pegar no seu pé. Critica o fato de ela não saber mentir para o cliente. Ele se acha um grande mentiroso e considera obrigação de seus colaboradores enganar também. Por mais que minha irmã discuta, e tente convencer seu gerente a trabalhar dentro de padrões éticos mais aceitáveis, ele não aceita. E a pune por isso. Avalia mal seu trabalho e atribui conceitos que influem em seu bônus anual. Acaba ganhando menos que os outros por ser sincera e honesta. No final das contas é como se seu desempenho fosse ruim. E o cara, para piorar, a ridiculariza na frente de todo mundo.

Fico revoltada. O ódio me queima por dentro.

– Mas você está sendo massacrada, Lena, não é justo!

– Eu sei.

– E não vai fazer nada?

– Já tentei falar com a gerente de Recursos Humanos.

– E aí?

– A psicóloga disse que o Marcelo é um dos funcionários que mais traz dividendos para a companhia. Nada se pode fazer contra ele.

– Você é tão competente, tem um currículo de fazer inveja a todo mundo, por que continua nessa porcaria de empresa?

– Pedir demissão?

– Claro!

– Vou pensar!

– Vai nada, está mais do que pensado, quero ver você feliz novamente.

E então a Lena me agarra, me enche de beijos e começa a me fazer cócegas. Nada me faz rir tanto. A gente rola na cama como se estivesse brigando. E de repente ela para e me faz um carinho no rosto me olhando séria. Tanto carinho naqueles olhos...

– Vamos sair. Precisamos escolher seu presente de Natal.

Tempo frio para a época do ano. Em uma praça o vento levanta folhas, diverte-se fazendo arruaça. Rola para lá e para cá um gorro vermelho encardido, o pompom branco tristemente pendurado, já quase cinza. De vez em quando ergue o rubro chapéu no ar e o arremessa adiante assobiando. Poeira. O menino, nu da cintura para cima, entra na brincadeira, corre, tenta pegá-lo. Joga-se no gramado, estampa na cara suja felicidade. No joelho ralado um resto de sangue seco. Perna fina. Alcança enfim a touca encarnada de lã. Veste. Fim do recreio. Dirige-se pedinte ao próximo carro. *Merry Christmas*!

Gosto e desgosto do Natal ao mesmo tempo. É um sentimento estranho.

MUNDO MUNDO VASTO MUNDO CAPITALISTA. MAIS VASTO É MEU CORAÇÃO.

Falo com o Paulinho pelo computador. Deitada na minha cama, no escuro do quarto, posso conversar como se ele estivesse aqui comigo. Digo coisas sem censura. A luz da tela faz meu namorado chegar cercado por aura mágica. Os olhos ficam mais bonitos e profundos. Misteriosos, brilhantes. Quando a conexão não está tão boa, ele aparece em câmara lenta, aos poucos, pedaço por pedaço. E cada um deles me enlouquece de carinho. As frases interrompidas aumentam minha ansiedade.

A gente fala um monte de coisas sem sentido. Quer dizer... Palavras de gente apaixonada. Seria ridículo se alguém ouvisse nosso diálogo. Perco completamente a noção crítica. Deixo de ser a Maria avessa aos clichês e chavões para me tornar apenas alguém comum. O amor emburrece? Injusto pensar assim. Se nos tornamos menos inteligentes, paciência. É tão bom... Nunca imaginei poder ser assim feliz. O Paulinho me completa. Com ele eu ando nas nuvens, se vocês me permitem usar essa imagem tão gasta e boba. Ao desconectar, depois de horas de papo, percebo pouco ganho em termos de informação. Deixei de contar um monte de coisas, tenho certeza de não estar ciente das novidades vividas pelo meu amor. Pelo menos não todas. Gostaria de saber absolutamente tudo e, em troca, exibir cada pensamento, traduzir todos os meus sentimentos para ele. Mas como, se nem eu mesma entendo direito? E quando declaro andar nas nuvens, essa frase tão romântica e tola, refiro-me exatamente à minha condição atual. Tenho notado o mundo mais fofo em volta de mim. Ao andar, flutuo um pouco mais alto, acima do chão. E nem preciso fazer força. É isso. A felicidade me permite caminhar mais fácil, nem me dou conta dos obstáculos. Todos ficam pequenos diante da minha condição.

    Descrevo o presente da Lena. O melhor de tudo foi sair com ela, estar próxima da minha irmã, ajudar em alguma coisa. Falar sobre nossos problemas sempre é bom. Quem sabe ela consegue tomar alguma atitude e largar aquela droga de empresa? O Paulinho afirma que está com vontade de quebrar a cara do tal Marcelo. Tão menino... Descrevo nossa ida ao *shopping*. Passeamos amigas e tomamos sorvete. Noite de Natal. Estarei chique com o vestido comprado para mim. Lena querida. E damos muita risada. Adoro rir. Quando estou feliz minhas gargalhadas fluem, escapam me inundando de prazer. Acabo contando ao Paulinho ser ele o motivo de toda a minha felicidade. E reclamo desta saudade que não se aquieta nunca.

    Ele também se abre. Enfeita um pouco a realidade quando afirma estar louco para voltar, não ver graça nenhuma em estar longe de mim. Adora surfar e, me disse antes, os dias estão lindos, as ondas altas. Finjo acreditar. Tão completamente que acabo acreditando de verdade. O Paulinho sente falta de nós, da gente no banco da escola, dos beijos nunca revelados para vocês. Até por serem indescritíveis.

Quem me conhece sabe: não sou chegada em Natal. Acho uma festa triste. Nela as pessoas comem muito e trocam presentes. Talvez seja por isso, nem todos conseguem fazer as duas coisas. Acabo indo dormir empanzinada e melancólica. E agora essa notícia. *Shopping* de São Paulo entra para o *Guiness Book* com o maior Papai Noel já construído. Mede vinte metros o monumento ao mau gosto, fenômeno da engenharia brasileira. Grande, feio, balofo. Talvez os lucros cresçam com a iniciativa. Afinal é tudo o que a sociedade moderna mais deseja. Mundo mundo vasto mundo capitalista. Mais vasto é meu coração.

Hoje o Paulinho está triste. Posso perceber a dor em seus olhos. Fico olhando para a tela do computador e queria pegar meu namorado no colo. Fazer carinho nele. Sussurra que uma senhora morreu ontem à tarde na praia. Um raio a matou pouco depois de ele resolver sair da água, o céu estava escuro demais, anunciando chuva. Ele conta e começa a chorar. Fico toda feliz, embora não demonstre. Gosto de vê-lo se abrindo assim, confiando em mim, revelando sentimentos. É bom saber que o Paulinho é sensível a ponto de poder chorar na minha frente, mostrar-se por inteiro. Ele conhecia a mulher, os filhos dela são seus amigos. E então eu fico apavorada. Faço prometer que vai tomar cuidado, não ficar no mar quando estiver chovendo, ou mesmo ameaçando tempestade. Nem precisava. Ele está morrendo de medo. Nem sabe se vai voltar ao cenário do acidente. Traumatizado.

Encantam-me as fotos postadas para ilustrar os poemas de amor. Tem gente que se considera poeta, escreve, enfeita o texto. Lindas flores vermelhas, vivas, corpos apaixonados nus expostos como brinde. Selecionam imagens, escolhas são feitas com excepcional bom gosto (?). Amor e dor eternamente gravados em versos ricos. Pés delicados, jamais quebrados. Rimas de endoidecer qualquer coração, não é mesmo, amorzão? Paisagens, um pouco de religião vai bem, é preciso abençoar os sentimentos. Letras enlaçadas, às vezes lágrimas perdidas, dedos que se roçam, beijos, línguas, quase sexo. Suspiros. E tudo emoldurado em dourado. Um contentar-se descontente. Não. Aí já é poesia de fato.

Encontro o Rubão na sala. Preciso dar um jeito no cabelo dele. RIDÍCULO! Não passa desse ano.

ERA TUDO
UMA QUESTÃO
DE SER
OU NÃO
SERPENTE.

#

Aprontar é o território da Júlia. Ninguém é tão bem-humorada e me entende tanto na hora de armar nossas confusões. Com ela não tem crise. Longe da porcaria do Júlio é alguém com quem se pode contar. Quando comentei sobre o cabelo do Rubão já começou a rir. Concordou imediatamente sobre a necessidade de fazermos alguma coisa.

– O pai não vai começar o próximo ano com aquela cor ridícula no cabelo! – profetizei.

– Tô nessa, vai ser divertido!

E imediatamente começamos a bolar um plano, pôr a criatividade para funcionar. Concluímos que a melhor maneira seria ele raspar a cabeça. Assim os cabelos novos nasceriam com a cor original, brancos e elegantes. A coloração caju ficaria no passado para sempre. Mas como?

– Já sei!

Olhei para a Júlia desconfiada. Pronto, agora não tinha mais jeito, quando ela resolvia alguma coisa... Todos os pontos de interrogação devem ter aparecido na minha cara.

– Vamos fazer o Rubão ficar careca!

– Simples assim?

– Claro. Com um pouquinho de inteligência tudo se consegue.

– E o que é que a gênia sugere?

– Deixe comigo, você vai ver hoje à noite no jantar.

E então ela me deu um beijo, pegou a bolsa e disse que ia sair para se encontrar com o Júlio.

Comentei que mais tarde bolaria um plano para ela terminar com ele.

– Você precisa deixar de ser ciumenta!

– E quem disse que é ciúme? Ele é chaaaaaaaaaaa-aaaato, chatíssimo.

– É o meu amor e um dia vou me casar com ele.

– Nem que a vaca tussa! Honestamente, espero que isso não aconteça.

– E desde quando preciso de autorização sua?

– Um problema de cada vez, o foco agora é o cabelo do pai, depois dou um jeito no seu namorado.

E a Júlia começou a rir e me agarrou para fazer cócegas, repetindo sem parar:

– Ciumenta, ciumenta, ciumenta!

Será que sou mesmo? Às vezes penso que talvez seja. O Júlio é um estranho, nem é da família, um dia acaba levando minha Júlia embora. Talvez eu idealize demais um namorado aceitável para as minhas irmãs. Como elas são lindas e perfeitas, eles também precisariam ser. Então, quando entro em contato com as criaturas, imediatamente percebo: ESTÃO LONGE DAS MINHAS MELHORES EXPECTATIVAS! E aí começa a disputa. E se há coisa que sei encarar são brigas. Transparente. Não sei disfarçar. Deixo logo claro minhas antipatias. Fico cutucando, chateando, desafiando meus possíveis futuros cunhados o tempo todo. Ainda bem que pelo menos a Lena não está namorando. E então me dou conta de uma coisa preocupante. E se a Júlia fizesse a mesma coisa com o Paulinho? Ia ser muito difícil para mim. Eu quero que minhas irmãs aceitem meu namorado. Deveria tratar o Júlio bem? Nem pensar. Impossível. Não sei se isso é ciúme, pode até ser, mas não vou aguentar aquele traste. Nunca!

Dona Cobra andava enrolada. Já não chacoalhava o guizo como antes, cada vez mais difícil engolir sapos. De tão triste procurou o analista, foi fazer terapia. Deitou-se no divã, esticou-se toda e, dura como um pau, destilou todo seu veneno contra a desumanidade. Falou, falou, deu trabalho ao Dr. Sigmundo Froide. No final da primeira sessão, cansada de tanto silvar, deslizou um pouco mais leve para a floresta. Levava consigo uma certeza, quase convicção. Era tudo uma questão de ser ou não serpente.

Ser ou não ser? Se eu fosse um bicho talvez fosse mesmo uma cobra. Estou sempre enrolada e, se vacilar, dou o bote. Meu guizo está permanentemente chacoalhando. Cascavel. Trago um pouco de veneno na maneira de me colocar. Isso, venenosa! Ou será que estou fazendo um juízo errado de mim mesma? O fato é que preservo minhas opiniões. A Irene, mesmo sendo a minha melhor amiga, frequentemente reclama. Fala que é difícil conviver comigo.

– Pô, amiga, você não deixa nada barato!

Será que viver é um tipo de comércio e as palavras têm preço, precisam ser negociadas? Talvez eu esteja vendendo muito caro minhas convicções. Ih! Acho que viajei.

ADORAM VIVER. MESMO SEM SABER O QUE É.

#

Costumamos jantar juntos. A família sempre se reuniu para essa refeição. Exigências do pai e da mãe. E, quando a gente se encontra, fica sabendo um da vida do outro. Eu gosto desse momento. Mesmo sendo uma obrigação, e normalmente as imposições me aborrecem, considero importante haver um espaço para convivermos um pouco. Durante o dia é cada um para o seu lado, trabalhando, estudando, na maior correria. Não é fácil viver em São Paulo, uma cidade onde se gasta tanto tempo no trânsito.

Adoro! Tenho reparado em como as pessoas adoram hoje em dia. Adora-se de tudo. Qualquer pedido de opinião é seguido dessa declaração exagerada. Adoram pessoas, comidas, bichos, esportes, viagens, ninguém gosta pouco. Olham-se no espelho pela manhã e começam adorando a si próprios. Vão para a rua respirar fumaça e pensar na vida parados no trânsito e adoram os amigos com quem conversam no celular, dedos transformados em voz. Adoram digitar. Adoram a primavera e as flores amarelas dos ipês, o canto dos

passarinhos, adoram rabada no almoço. Adoram o cigarro depois do café, o trabalho, os colegas, todas as músicas do *Ipod* nunca desligado. Adoram sábados, domingos, as noites de sexta. Acabam adorando cada dia da semana. E também o outono, o frio do inverno, as praias do verão. Adoram viver. Mesmo sem saber o que é.

    O Fã diz que adora o que eu escrevo. Não aceito a provocação e agradeço. Comento que também, embora tenha escrito o texto, adoro algumas coisas. Minha família, meus amigos, escrever e, mesmo correndo o risco de parecer louca, a minha cidade. São Paulo é uma velha rabugenta incrível. Gosto dela. Adoro!

    E adoro também os nossos jantares. Hoje, é claro, vou prestar atenção especial na Júlia. Como será que ela vai resolver a nossa questão. Cortar o cabelo do Rubão é a meta.

    Eba! Tem arroz de forno, meu prato preferido. Ando meio gulosa. Preciso dar um jeito nisso ou não vou parar nunca de colecionar uns quilinhos a mais. Percebo quando a Ju olha para mim e pisca o olho. Sei que vai começar a sessão corta-o-cabelo-do-velho. E então ouço ela dizer:

    – Pai, preciso de um favor seu.

    Ele levanta a cabeça, olha minha irmã com a sua calma habitual, espera para ver o que ela quer.

– Preciso cortar seu cabelo.

Imediatamente o pai volta a sua atenção para o prato, continua comendo, nem responde.

Mamãe e Helena estão discutindo alguns detalhes práticos para o Natal. Aproveito para exigir rabanada. Noite de Natal para mim tem que ter rabanada. Adoro!

– Pô, pai, eu preciso cortar seu cabelo!

Suspirando e exibindo sua velha resignação, o Rubão olha para a Júlia.

– Por quê?

– Comprei uma maquininha para cortar o cabelo do Júlio. Acho lindo a namorada aparar o cabelo do namorado. Andei lendo na Internet para aprender. Queria testar em você.

– Mas logo em mim?

– Tem algum outro homem nessa casa? Você vive dizendo que temos de aprender a fazer as coisas, procurar ser independentes. Prometo, vou caprichar!

– Hum... Depois a gente vê isso.

– Então você vai deixar?

– E alguém consegue fazer você desistir de alguma coisa quando põe na cabeça, Júlia?

– Eba!

E a fofa da minha irmã me olhou sorrindo. Difícil me segurar. Quase caí na gargalhada.

– Pode ser hoje, mais tarde?

– Posso acabar de jantar?

– Você é o meu papaizinho querido!

E ela se levantou e foi dar um beijo no velho.

Para encurtar a história, mais tarde, quando o Rubão estava em sua poltrona favorita lendo um livro, a Júlia chegou sorridente com a maquininha. Forrou o chão com uma toalha grande, pediu para o velho tirar a camisa e sentar em uma cadeira que pegou na cozinha. E eu só de lado assistindo, morrendo de vontade de rir. Era um desses aparelhos pequenos, de pilha, depois soube ser emprestado. E começou a cortar. Nosso pai calmo, sempre lendo. Os cabelos tingidos sendo desbastados, caindo no pano que forrava o assoalho. Em alguns momentos ela calcava mais e provocava falhas enormes no couro cabeludo. Um verdadeiro ninho de rato. Quando terminou já era tarde, a cabeça do nosso pai estava irremediavelmente detonada. Saí de perto e fui para a sala de televisão. A Lena e a mãe não entenderam por que eu estava rindo tanto.

Quando voltei para a cena do "crime", a Ju estava na segunda parte do plano. Chorava sem parar (ela é ótima atriz, consegue chorar quando precisa). Aos soluços dizia:

– Eu sou uma porcaria de cabeleireira, estraguei os cabelos do meu pai!

Ele, todo aflito, procurava conter a agonia da filha.

– Não deve estar tão ruim assim!

Levantou e foi olhar no espelho do banheiro. Voltou lívido.

– E agora?!

Foi quando eu entrei.

– Essa porcaria dessa máquina corta careca?

E a Ju só soluçando.

– Isso, filha, raspa tudo – pediu o Rubão.

Dito e feito. A operação-corta-o-cabelo-do-velho foi concluída com sucesso, conforme o brilhante plano da Júlia.

Depois conversei com meu pai. Disse que ele estava muito charmoso careca, que o corte anterior era muito cafona. Sugeri que ele deveria deixar assim dali para a frente, bem curtinho e, principalmente:

– SEM TINTA!

SOMOS ZUMBIZINHOS COM FIOS BRANCOS PENDURADOS NA ORELHA.

#

Noitinha. No quarto tudo fechado como sempre, o ventilador de teto desembestado, assoprando tudo com força. Momento de assistir General Practice, minha série favorita. A Meg está fazendo uma cirurgia complicadíssima e o meu sonho de ser médica está cada vez mais forte. Nisso escuto estampidos lá fora, serão tiros? Olho pela janela e vejo o carro do Júlio arrancando e cantando os pneus. Desço correndo, com o coração aos pulos, o que terá acontecido?

A casa está vazia. Ninguém chegou ainda. Abro a porta aflita. O Júlio se atira nos meus braços chorando. Parece até um menino. Soluça totalmente descontrolado. Consegue dizer:

– Roubaram meu carro!

Tento controlá-lo.

– Calma, cara! Vou lá dentro buscar um copo de água com açúcar.

Ele me segura, diz que não quer ficar sozinho.

– Então vamos juntos.

Ele se senta. Apoia os braços na mesa da copa e continua chorando. Entrego o copo, ele bebe, os olhos vermelhos e assustados.

Fico encarando meu futuro cunhado e de repente, surpresa, vejo ele começar a rir. Deve ter enlouquecido.

— Você também tem essa mania de querer passar força com o olhar?

E então eu rio também, percebo que estou usando com ele um truque que aprendi com minha irmã, a namorada dele.

— Ela também faz com você? — pergunto.

— O tempo todo.

— Já dá para contar o que aconteceu?

E ele me conta. Diz que chegou mais cedo do que tinha combinado com a Júlia. Resolveu ficar no carro estudando. O dia tinha sido puxado no trabalho, não tinha conseguido se preparar para a prova de amanhã. Com o calor deixou a janela aberta. E então sentiu uma coisa fria perto da orelha. Era o cano de um revólver. O bandido pediu para ele passar para o banco do carona, queria que o levasse para fazer uns saques. Obedeceu. O bandido assumiu o volante. Mas antes que partisse o Júlio desceu do carro e saiu correndo. Ouviu o estampido dos tiros antes de se esconder atrás de uma árvore. O ladrão fugiu cantando os pneus. Ficou com medo de ter sido atingido.

— Dizem que a gente não sente quando leva bala.

— Se estiver sangrando melhor sairmos daqui. A Alice tem o maior ciúme do chão da cozinha dela.

Mas não consegui fazer com que risse. Agora ele estava sério, calado, muito branco. E fiquei com pena, até senti carinho pelo meu cunhado.

Dom Casmurro sou eu. Casmurra eu fico quando percebo alguém sem saber o que é Dom Casmurro. E vivo casmurra por estar em um país onde tantos ignoram o mais importante. Onde as perguntas mais idiotas são feitas entre risos estúpidos, de pessoas estúpidas, estúpidas respostas. Casmurra eu fico por perder a paciência e querer descer o machado nessa gente tosca. Não o Machado de Assis, nosso maior escritor desconhecido, mas o meu mesmo. E só pelo prazer de destruir essa ignorância tão bonita. A dermatologia a serviço da futilidade, aparelhos tonificando músculos incapazes de levantar ideias. E tome silicone! Casmurra eu fico por escrever para não ser lida. Afinal, Dom Casmurro não foi e nunca será. Casmurra nesse mundo de *ipods*, *ipads*, *tablets*, sons estragados entrando por ouvidos mudos. Somos zumbizinhos com fios brancos pendurados na orelha. Os brincos da estupidez. Casmurra ao lado de Steve Jobs, Bill Gates, Mark Zuckerberg, Larry Page, Sergey Brin. Bacana é ser empreendedora, ganhar muito dinheiro. E viva o atraso, preconceito, conservadorismo, mentalidade tacanha! Casmurra, casmurra, casmurra. Igual pamonha.

Foi o Fernando Pessoa quem disse: "o poeta é um fingidor...". Acho que todo escritor, de certa forma, mente um pouco. Eu minto quando escrevo no "Maria vai com poucas". Nunca li Machado de Assis, mas acho chique afirmar ter lido, passar essa imagem de que conheço literatura. É claro que vou ler Dom Casmurro! Mais tarde. O Rubão disse que ainda é cedo. Só quando for uma leitora mais experiente, segundo ele, terei condições de aproveitar melhor o grande autor. Sempre confiei nas indicações do meu pai. Até agora deu certo. E vivo com o *ipod* ligado, acho difícil passar sem música. Mas não é por causa disso que perdi a autocrítica.

Quando a Júlia chegou o teatro se instalou. Só faltou armar o palco. Gritos, choros, um draaaaaaaaama! Minha irmã achou que quase tinha ficado viúva antes de se casar.

– Que bom que você acolheu o Julinho!

Beijou quinhentas vezes o namorado, se agarrou comigo, com a Eulália, se atirou nos ombros da Lena assim que ela chegou. Acabei indo buscar outro copo de água com açúcar.

O Rubão ligou para os pais do Júlio. Marcou encontro na delegacia. Foram todos levar meu quase-ex-futuro-cunhado para registrar a ocorrência.

E eu fiquei em casa, sozinha. Preferi.

A gente se acostuma com a violência. Aprende que nem todas as balas atingem o alvo. Viver em São Paulo é estar atenta e forte. E acreditar-se invulnerável. Eu sou a supermoça!

ENTÃO SENTO
E AS PALAVRAS
PARECEM
CONDUZIR
A DESORDEM
PARA FORA.

Passei a conviver com uma vontade nova. Não sei se foi o espírito natalino, essa coisa de final de ano, sempre fico mais emotiva nessa época, mas decidi investigar meu passado. Será que minha mãe biológica ainda está viva? Talvez eu consiga algumas respostas úteis para a vida. Poder ter informações para o pediatra de meus futuros filhos, considerar novamente a possibilidade da maternidade e ver com alegria essa perspectiva vem ocupando espaço cada vez maior no meu pensamento.

Precisarei mexer em um cenário meio nebuloso. Por mais aberta que tenha sido a relação com meus pais adotivos, tanto Eulália como Rubão nunca falaram muito sobre o meu passado. Contaram apenas o básico. Eu tinha sido escolhida, era a filha do coração, olharam para mim e foi amor à primeira vista. Reciprocamente eu, ainda bebê no bercinho, na instituição onde as crianças a serem adotadas aguardavam serem notadas, quase implorando, olhei para eles e sorri, acenando com a mãozinha abrindo e fechando. Tiveram certeza, naquela hora, que eu nascera para ser filha deles. Interpretaram o gesto como um sinal quase místico. E me levaram dali para amar aquela criança incondicionalmente. Eu, assim. Nunca tive dúvidas a respeito do amor a mim dedicado desde então. E, melhor, sei o quanto essa certeza é poderosa. Dela tiro alegria de viver e força. Sempre soube o quanto é bom ser querida e importante.

Mas de onde vim? Nunca exploramos juntos a minha história. Algum segredo? Mesmo duvidando haver coisas escondidas, afinal Eulália e Rubão sempre foram transparentes, quero muito conhecer um pouco mais sobre mim mesma. Só isso. Meu passado.

Vai ser necessário abordar com eles minhas inquietações. Com cuidado. Não gostaria de magoá-los.

Escrever para mim é também uma forma de lidar com o lento do cotidiano. Muitas vezes o passar das horas me incomoda, gostaria de acelerá-las, existiriam coisas no futuro mais sedutoras. O dia se arrasta frio, chuvoso, cinzento, cheio de silêncios. Contrastando com a realidade sombria mais quieta, muita coisa faz barulho dentro de mim. Então sento e as palavras parecem conduzir a desordem para fora. Na busca pela melhor maneira de dizer as coisas, os momentos passam sem eu sentir. Quando vejo, o dia se adiantou, a chuva foi embora, o Sol empurrou alguma nuvem para o lado. Meninos fazem algazarra na calçada. O tempo passou na janela e o texto não viu.

Mentira. Lá fora o dia está esplêndido. Gosto dessa palavra tão pouco usada. Esplêndido. Um Sol para cada um. Mas é comum sentir-me chuvosa por dentro. Quando vejo, estou meio cinzenta e não há cor capaz de dar jeito. Pensar em algumas coisas me deixa assim. Agoniada, inquieta, sem conseguir me fixar em nada. Mas como abrir a cortina do passado sem medo? Sim, é referência à *Aquarela do Brasil*, conheço e adoro a canção do Ary Barroso. Mais uma coisa adorada, são tantas... Por mim a música seria o Hino Nacional. Por que uma menina de 15 anos, eu, não pode gostar de uma letra que faz referência à merencória luz da Lua. É como meu espírito fica às vezes, merencório, ou melancólico, se preferirem. Tenho medo do que irei encontrar pela frente. Como será Dona Mãe-que-não-pode-ser-minha?

Os dois estão afastados, como sempre. Eulália lendo no quarto e Rubão na sala. Cada um para o seu lado. Peço ao Rubão para subir comigo. Preciso da presença dos meus pais juntos. Aviso que quero ter uma conversa séria com eles. O velho me acompanha.

Talvez a vida seja a arte do encanto, embora haja tanto desencanto pela vida. Tenho pensado nisso, Vinicius de Moraes que me desculpe alterar seus versos. A gente se distrai e quando vê o encanto acabou. Perdemos as pessoas, o prazer, nos enroscamos no cotidiano. Levantamos, caminhamos insones em direção a coisas insatisfatórias,

mastigamos horas sem perceber. Como consequência, o mundo se estreita e a alegria de viver vai embora. A felicidade é especialista em fugir da gente, tem lá seus ardis. Todo dia há um susto novo em nossa existência. Palavras erradas, gestos, esquecimentos, expectativas não alcançadas, lutos os mais variados, fomes impossíveis de saciar. A gente olha o massacre de Gaza na televisão e não se comove. Apagamos insônias engolindo Frontal, enxugamos lágrimas com demasiada naturalidade, e tome Omeprazol. Cai, avião, tudo bem! De tanto acharmos o bonito piegas acabamos acreditando. Perdemos cores, música, riso, amor, mar, estrela. E seguimos sozinhos, desencantados.

Como a gente começa uma conversa séria com os pais da gente quando está mais é com vontade de chorar? Estou morrendo de medo de tocar no assunto e ferir as duas pessoas mais importantes do mundo. Olho para eles e meu coração bate mais rápido, chego a escutar o *tuntuntum* nos ouvidos.

– Mãe, pai, eu queria saber quem foi minha mãe de verdade.

Eulália para de ler, se ajeita encostada no travesseiro e me olha fixamente. Séria, preocupada, há carinho em seu olhar. Rubão senta-se na beirada da cama e fica quieto, olhando para baixo.

– O que você quer saber, minha filha? – pergunta Eulália me abrindo os braços.

Mergulho em direção a ela e me aninho apoiando a cabeça em seu peito.

– Tudo – respondo.

– A gente sabe tão pouco... – Rubão fala baixinho, quase consigo próprio.

– Mas é direito dela querer saber – diz Eulália, fazendo carinho em meu rosto.

Eulália, meu amor! O nome vem do grego e significa aquela que fala bem. Ela tem sempre a melhor palavra.

– Tenho um colega no trabalho que conhece um detetive, talvez... – Rubão meio pensando alto.

E assim, de maneira simples como tudo que envolve os dois, fica resolvido. Contratarão um detetive para pesquisar a minha história.

E então eu começo a chorar. Não sei se de alegria ou tristeza. E meu pai se deita ao meu lado. Ficamos os três na cama, embolados.

E FICA AINDA
MAIS BONITA
OUVINDO O BARULHO
MACIO DOS BEIJOS,
VENDO MÃOS
CURIOSAS
BUSCANDO
BRECHAS.

#

Fim de ano acaba rápido. Voa. Quando vemos o Natal ficou para trás, celebramos o *réveillon*, as férias somem, nem dá tempo de aproveitar direito a preguiça.

    O Dr. Sherlock, eu o chamo assim, foi contratado e já está trabalhando. Elementar, meus caros Watsons, ele ainda não descobriu nada, como era de se esperar. Segundo o Rubão eu preciso ter paciência. Justamente minha maior deficiência. Ele, o detetive profissional tupiniquim – fala com sotaque português e me chama de Senhorinha Maria –, informou ao meu pai estar confiante, existem algumas pistas. Foi quando fiquei mais danada da vida. Ver a minha história espalhada em diversos caminhos, assim fragmentada, não foi exatamente confortável. Desde que conheci o tal investigador tenho andado ansiosa por novidades difíceis de chegar.

    As aulas começaram. O Paulinho e eu estamos novamente juntos. Pelo menos isso faz com que me sinta mais feliz, embora ele ande meio estranho. Quando sentamos sob a nossa árvore, na escola, já não consigo manter seu olhar em mim muito tempo. Sinto como estivesse perdendo os olhos do meu namorado. Antes a gente ficava se encarando e era como se eu pudesse ler o seu interior. Não eram necessárias muitas palavras. O nosso entendimento era quase mudo. Agora nem sempre o que dizemos assim, olho no olho, parece fazer sentido. Ou será excesso de sensibilidade de minha parte?

Começar o Ensino Médio coloca o futuro em uma perspectiva diferente, bem mais próxima. O vestibular está perto, logo ali. Medicina parece continuar sendo meu maior desejo. Mas continuo gostando de escrever e seria muito bom se conseguisse viver dos meus textos. Não sou boba, poucos escritores conseguem sustentar-se com literatura no Brasil. Valeria a pena tentar? Medicina, literatura, caminhos tão diferentes... Maria, Maria, o que você vai ser quando crescer?

Julieta. A árvore tem o tronco magrinho e esguio. Apesar de moça, ainda é donzela, ostenta vaidosa flores lindas arroxeadas. Ali sozinha no pátio da escola, frágil e soberana, faz a gente pensar na força do belo. Todos param para amá-la. Como não se apaixonar por tanta delicadeza? Ergue-se solitária e, embora não muito alta, oferece ao banco colocado na sua frente um pouco de sombra. Ali escuta alcoviteira as juras dos namorados. E fica ainda mais bonita ouvindo o barulho macio dos beijos, vendo mãos curiosas buscando brechas. Balança os galhos satisfeita e os cachos de pétalas se ajeitam, ganham tonalidade ainda mais rubra.

Gesto feminino. Parece rir de excitação, jogando os cabelos para trás.

Na aula de Biologia algumas novidades. Aliás, tudo agora é diferente. Matérias ainda não estudadas, professores apenas conhecidos de fama. Para fazer medicina precisarei estudar muito, ficar craque, saber de trás para a frente os ensinamentos do Cezar. Finalmente terei aula com ele. Vamos começar com Genética, destrinchar um tal de Gregor Mendel e suas experiências com ervilhas. Não consigo deixar de pensar, irei me aprofundar em um assunto muito especial para mim, talvez o mais importante de minha vida. Afinal, foi com o monge austríaco que ficamos sabendo da existência de características transmissíveis de pais para filhos, graças à existência de um par de unidades elementares de hereditariedade, hoje conhecidos como genes. Se eu fosse dramática, faria aqui um parêntesis. Diria serem os genes a maior miséria de minha vida. São os responsáveis por eu não carregar, e seria maravilhoso se isso pudesse ser remediado, as características físicas da Eulália, do Rubão, de minhas irmãs. Embora me considere bonita e esperta, e não tenha grandes problemas com isso, não sou linda como a Lena, nem tenho a inteligência da Júlia. Ser adotada pode não parecer, mas é um problema genético.

A Olívia, a Irene e eu decidimos que iremos estudar juntas daqui para a frente. Se quisermos mesmo cursar medicina precisaremos ter foco, disciplina, força para trabalhar muito. Concluímos que precisamos de apoio, podemos nos ajudar mutuamente. Quem sabe seremos colegas no futuro, trabalharemos no mesmo hospital? Estamos entusiasmadas com a perspectiva de assistirmos a um filme que o Cezar passará em classe na próxima aula. Veremos um parto filmado com todos os detalhes, diversos *closes* segundo o professor. Como ficará minha relação conturbada com a perspectiva de ter filhos depois disso? Irá melhorar ou piorar?

Sala escura. Observo a tela com o coração acelerado, estômago contraído, cada vez mais impressionada. A mulher é jovem, bonita. Faz muita força, tenta ajudar a criança. Comprime os olhos, aperta a boca, prende a respiração em um grande esforço. Meu corpo formiga por inteiro, sinto-me como se estivesse em câmera lenta. Os sons dos gemidos e dos incentivos dados pelo médico pedindo para a moça empurrar parecem vir de longe. Empurra, empurra! Sangue de verdade. Dilatação enorme. Uma grande boca escancarada entre as pernas da futura mamãe. Dá para se notar boa parte da cabeça do bebê. Empurra, empurra! Vejo-me empurrando junto, prendendo a respiração, suando gelado. Pareço flutuar. Há uma grande tensão no ambiente. Todos estão quietos, atentos, cada um assustado do seu jeito. E de repente a luz se apaga, o parto termina, mergulho na escuridão. Desmaio.

Acordo com muitos olhos sobre mim, o professor Cezar me abanando. Os colegas em volta parecem assustados. Talvez pelo grito que a Irene deu quando me viu apagada ao seu lado. Desmaiei assistindo a um parto filmado. Dá para acreditar? Dor, sangue, tensão, toda a realidade do filme foi difícil de suportar.

Mirela, a bruxa linguaruda, parece satisfeita. Evidentemente gosta de me ver naquela situação. Finge estar preocupada e comenta:

– Como cursar medicina se não aguenta ver sangue nem na telinha?

Ela sabe ferir com palavras. As verdades que existem por trás delas ferem. Mas, ao mesmo tempo, fazem pensar. Realmente não suporto ter contato com a dor dos outros. O Fã, depois de ler o texto no *Maria Vai Com Poucas*, pergunta:

– Você não vai estudar medicina?

SE TUDO VALE A PENA, QUALQUER COISA VALE ESCREVER, POIS COM A PENA SE ESCREVE.

\#

A julieta, toda florida e vaidosa, não parece entender direito o que está ouvindo. É isso mesmo? O Paulinho está me pedindo um tempo. Diz que não tem mais certeza. Está confuso, não entende os próprios sentimentos. As palavras dele parecem estar chegando de outro mundo, abafadas como se fossem disfarçadas por um desses aparelhos que vemos nos filmes policiais. Em minha agonia antecipo o que ele vai dizer e acabo não ouvindo direito. Retomo, tateio entre as brechas de afirmações capazes de me ferir e apertar meu estômago. Quase sem fôlego quero ouvir novamente, ter certeza:

– É assim mesmo, ponto final?

Sim. E o Paulinho começa a chorar. Vejo o rosto do meu amor assim molhado e contraído sem entender. Não deveria ser meu o pranto? Ainda não veio e, do jeito que estou me sentindo, talvez transborde apenas mais tarde, quando estiver sozinha. Fico ali repetindo para mim mesma que não irei revelar meu sofrimento na frente dele. É o que me resta. Fingir que não morri um pouco debaixo daquela árvore. Orgulho. A verdade é que essa é a pior dor que já senti desde a morte do Rabicó. E ele soluça, dizendo ter sido muito difícil tomar a decisão. Precisa fazer escolhas, pensar em profissão, estudar mais, preparar-se para vida. Fala em medo. Morre de medo do que vem pela frente. Mas sabe, tem certeza, vai precisar enfrentar sozinho. Amar faz com que perca o foco. Observo aqueles olhos negros inundados onde tanto viajei e, ironicamente, imagino ser necessário um barco para seguir por eles no momento. Embora triste e magoada, quase rio de minha constatação.

Frequentemente dou-me conta do quanto sou parva. Burra mesmo, falta-me inteligência. Pareço aqueles brinquedos de corda encostados na parede. Insistem, insistem, querem continuar além do obstáculo, não se dão conta da proporção de forças. Soltem-me em uma estrada e perco o caminho. Imagino rotas impossíveis, tornam-se realidade, quero seguir por elas e chegar ao destino de qualquer jeito. Além de tudo, teimo, recurso comum aos ignorantes. Passo períodos longos sem atinar com certas coisas, apenas por pensar mal. "Tudo vale a pena se a alma não é pequena". Fernando Pessoa me fascina. Seria bom, então, entender completamente seus textos. Só recentemente percebi o significado maior da frase. Se tudo vale a pena, qualquer coisa vale escrever, pois com a pena se escreve. Sou mesmo uma besta completa.

Levanto-me, saio sem olhar para trás. Deixo o Paulinho no nosso banco. Que fique com suas lágrimas para mim sem propósito. Incomoda-me o fato de talvez serem por pena de mim. Não quero piedade. Sigo cabisbaixa, torcendo para não encontrar alguma alma caridosa. Chamo um táxi no celular, quero chegar rápido em casa. Preciso da escuridão do meu quarto.

Recuso almoço, invento dor de cabeça, deixo Alice falando sozinha. Arremesso com fúria minhas roupas, vejo a camiseta enganchar-se na maçaneta da porta. Chuto com raiva as sapatilhas, uma para cada canto. Perco o equilíbrio ao tentar tirar as calças, caio no chão. Dói. Atiro-me na cama. Preciso chorar, quero chorar mas não consigo. Ódio do mundo, da vida, de mim, do menino que foi meu namorado. Como é mesmo o nome dele? Lorde das trevas. Aquele-que-não-deve-ser-nomeado. E pensar que tive medo de que um raio o atingisse. Por quê?

A primeira paulada acertou o rosto. Estrelas. Depois veio a pedra e atingiu o nariz, imensa dor. Olhos se encheram de lágrimas, susto. Gesto natural e instintivo de proteção impedido, mãos amarradas, corpo atado ao poste. Pontapé na orelha, brinco de sangue. Socos feriram-lhe a testa. Dentes soltos brincaram com a língua, perdidos e tristes na boca amarga.

As vistas, então caladas e vazias, já não mais podiam distinguir a turba presente. Gritos. Confusa e desesperada de medo, respirando aos trancos o ar que ventilava grosso e salgado, pulmões apavorados, ouviu baque surdo e distante. Coração pulsando nas têmporas. Quando um peso áspero e pontudo afundou-lhe a garganta, engasgada borbulhou gotinhas vermelhas delicadas num chiado estranho de panela de pressão. Os tapas e chutes já não incomodavam. Apenas embalaram sono profundo e dormente, lânguido, quase sonho. Morreu ali arriada, pendendo para a frente, a cabeça baixa. Exatamente como havia nascido, injustiçada.

    Ligo a porcaria do *Ipod*. Talvez um pouco de música consiga acalmar meu coração. Geralmente consigo respirar quando deixo o som entrar na minha existência. Presto atenção nas palavras e os sentidos me conduzem para realidades diferentes da minha. Ou semelhantes, sei lá. Na verdade vivo melhor quando canto. Mesmo cantando muito mal. Dizem que sou desafinada.

    Ali, no escuro do meu quarto, sem que eu pudesse entender por que a realidade às vezes consegue ser tão perversa, a escolha randômica das gravações do aparelho me oferece a última canção que gostaria de ouvir no momento. A nossa. Erasmo e Marisa Monte me provocam com *Sou mais um na multidão*.

E então a raiva passa, eu recupero o Paulinho com o maior carinho do mundo e começo a chorar. Lá fora um sabiá canta alto chamando eventual companheira. E eu ali sozinha, no meu canto, o coração apertado, começo a me acostumar com o fato de ter levado um pé.

EU NÃO SEI POR QUE VOCÊ DISSE ADEUS SE EU DISSE ALÔ, MENINA.

Tenho saído menos com a Irene. Uma das coisas mais sofridas quando terminamos uma relação é que recebemos um pacote adicional de privações. Não perdemos apenas o namorado. Os programas feitos a dois, com os casais amigos, escorrem na mesma enxurrada de infelicidades. O vazio acaba sendo maior. Sexta-feira, por exemplo, era dia de irmos ao cinema, comer pizza depois. O Paulinho e eu, Cae e Irê, Olívia e Bruno, às vezes. Acabou! Eles até me convidaram. Não dá! Cinco parece estranho. A conta não fecha. Dois mais dois e eu sozinha, me vendo aleijada. Preciso aprender a não me sentir assim. Duas pernas, dois braços. Cabeça, tronco e membros. Olho no espelho e posso confirmar isso. Continuo inteira. Será? Vou ficar por aqui mesmo. No quarto. Assistir a uma série, ler, escrever, dormir. Vidinha mais sem graça!

A lua vê a mulher passar cambaleando. Diariamente. Segue rindo, tropeçando nas próprias pernas. Para, estufa o peito, respira fundo e continua. Às vezes cai na gargalhada. Fala com todo mundo como se fosse íntima. O rosto escalavrado. Inchaços, manchas

roxas, as bochechas rosadas. Braço na tipoia. E então ela se atrapalha, parece que esquece o caminho, curva o corpo todo para a direita, surfando uma onda imaginária, endireita-se para a esquerda, retomando o equilíbrio precário, resmunga alguma coisa. Manhãzinha, fim de tarde, parece estar sempre voltando. Suja, quase bem vestida. Rindo, rindo muito. Quem a vê trôpega ri com ela. E gritam, aconselham do outro lado da calçada:

– Vai pra casa, Givanilda, é tarde!

E ela rindo, rindo muito.

– Você não toma jeito, Givanilda!

E ela rindo, rindo mais.

– Toma é cachaça!

E ela então cai na gargalhada, endireitando o corpo, segurando a barriga, os seios murchos. Quando dou por mim estou me divertindo também, achando graça. De repente meu sorriso congela no rosto, amarela. Cantarolo a música de Charles Chaplin. "Smile".

Resolvi participar do concurso de contos da escola. A minha personagem é a lua menina. Ela olha as coisas lá de cima e não entende direito. Ainda é nova e inexperiente. Vocês já conheciam essa lua? Pois é. Ando mesmo com a cabeça no mundo da lua.

Mirela novamente, sempre ela. Passa e me vê no pátio lendo à sombra da julieta.

– Trocou o Paulinho por um livro?

Finjo que não ouço. Fico ali com o *Apanhador no campo de centeio*. Ganhei da vó Marise, ela sempre me dá livros de presente. Não é à toa que o Rubão gosta tanto de ler, ele cresceu em casa cheia de estantes. Prefiro ouvir o Holden Caufield do que a bruxa. Não tirei notas ruins, nunca fui expulsa de nenhum internato, mas me identifico tanto com o herói do romance. Anti-herói. Adoro anti-heróis, rebeldes, gente que não tem paciência com os falsos, hipócritas, chatos. Eu também não tenho. Por isso cada vez menos escuto as maldades da Mirela.

Ler. Tenho certeza de que não escreveria se não lesse tanto. Se realmente escrevo tão bem como dizem, devo aos meus livros. Enquanto penso, ouço Beatles. O Cae estranha que eu goste tanto dessa bandinha velha e empoeirada, como ele diz. Gosto muito. Outra influência da vó Marise, ela sabe das coisas. E pensar que quando acharam o David Chapman, o assassino do John Lennon, ele estava com o mesmo livro que estou lendo aqui, agora, sob a querida julieta. Coincidências.

Besouros. Ontem. Quarta-feira às cinco horas da manhã, há vinte anos, eu falei sobre os campos de morangos. Está ficando melhor o tempo todo. Eu vou seguir o sol. Toda pequena coisa, adorável Rita. Ontem. Aniversário. Torta de mel. Eu desejo ser seu homem. Chora querida, chora. Estou tão cansado. Pássaro preto cantando. Por que não fazemos na estrada? Apenas metade do que digo tem sentido. Eu quero ser seu homem. Sexo sadio. Eu vou, adorável Rita. Socorro! A noite seguinte. Preciso de você através do universo. Dois de nós. Campos de morango para sempre. Aqui está o sol, vamos juntos, rei sol. Você nunca me deu seu dinheiro. Ela veio através da janela do quarto voando, sua mãe deveria saber. Tudo que você precisa é amor. Eu sou um perdedor. Ontem, adorável Rita. O filho da Mãe Natureza. O martelo prateado de Maxwell. Vamos juntos, eu e o senhor Mostarda. Aniversário, torta de mel, tudo que você precisa é amor. Sua mãe deveria saber. Eu costumava ser louco na minha escola. Os professores que me ensinavam não eram legais. Quando eu ficar velho, perdendo meus cabelos... Julia, adorável Rita. Martha, minha querida. Eleonor. Prudence. Anna. Michelle, meu bem. Aniversário. Torta de mel. Os professores que me ensinavam não eram legais, adorável Rita. Por que não fazemos na estrada? Eu não sei por que você disse adeus se eu disse alô, menina. Corra para sua vida. E o seu pássaro pode cantar.

P.S. Eu amo você.

VIVEMOS ANTECIPANDO A POSSIBILIDADE DE PERDER QUEM AMAMOS E NOS ASSUSTANDO COM A NECESSIDADE DE DIVIDIR AFETO.

Meu *blog* está bombando. Já não consigo responder para todo mundo. Estranho tanto sucesso. Nele coloco apenas o que acho, meus textos, não existem curiosidades de utilidade pública. Mas bomba. Não falo de moda, culinária, esporte, música, política, por que será? Top 100. Estou entre os mais visitados, sou uma das blogueiras jovens consideradas líderes de opinião. Muita gente me segue. Os fãs aumentaram. Outro dia dei até entrevista. Chique, não?

Morro de pena de nossa fragilidade. Desde pequenos carregamos fardo pesado demais. Vivemos antecipando a possibilidade de perder quem amamos e nos assustando com a necessidade de dividir afeto. Descobrimos, derrotados, inimigos impossíveis. Nosso primeiro olhar é desconfiado. Irmãos nunca são bem-vindos. Na matemática de nossos sentimentos o amor não é uma abstração. Como corpo inteiro e exato diminui ao ser compartilhado. O mais interessante é que na criança a emoção é explícita, violenta, sem possibilidade de defesa. Dá pena ver o que faz com

==os bichinhos. Com o tempo, adultos, nos aperfeiçoamos em ocultar o que anda pelo coração. Pensamos que não sentimos o que sentimos. Guardamos em escaninhos dissimulados a dor congênita e fingimos que estamos bem. Somos, sim, ridiculamente ciumentos. Quem não for que atire a primeira pedra.==

O Rubão me chamou para conversar. O pessoal aqui de casa anda preocupado comigo. Uns fofos, todos. Percebem a minha tristeza pela separação do Paulinho e se esforçam para me apoiar. Sinto que prestam mais atenção em mim, querem me ajudar. Amo essa família.

– Será que Medicina é o melhor caminho? – dispara de cara meu pai, iniciando o papo muito sério, os olhos fixos em mim, carinhosos.

Cada vez sei menos responder à pergunta.

– Você cresceu. Querer imitar a heroína do GP, sua série preferida, me parece decisão um tanto infantil, você não acha? – pergunta sentado em minha cama, o cabelo curtinho branco, nunca mais deixou crescer.

– Tipo querer ser a Katniss Everdeen? – comento meio brincando, fingindo impaciência.

Ele me olha sem entender. *Jogos vorazes* não é mesmo a praia dele. No fundo manobro para ganhar tempo, tirar o foco da questão que sinto importante demais. Não queria ter que resolver minha vida agora.

– Mais ou menos – ele responde paciente, sem identificar a personagem da *Jennifer Lawrence*, intuindo ser algum ídolo –, mas é um pouco por aí, toda criança já quis ser um dia um super-herói.

Meu pai diz coisas sensatas. Elas fazem sentido. Lembra que leio muito, escrevo o tempo todo, começo a ficar conhecida pela capacidade de construir textos mais bem elaborados. Talvez fosse melhor focar no desenvolvimento dessa habilidade. Quem sabe um curso de Letras não seria mais indicado? E complementa dizendo, com o cuidado de sempre:

– Só quero ver você feliz.

Eu sou feliz. Só ando um pouquinho triste. Vai passar. Júlia, Lena, Eulália e Alice têm cuidado disso. Não me deixam em paz. Chamam, solicitam, estão presentes, de olho, dando força. E agora essa conversa me aprumando, apontando rumos, corrigindo rotas. O velho tem razão, talvez seja hora de crescer. Embora doa.

Ganho o concurso de contos. Clarinha, a professora de Literatura, é quem entrega o prêmio. Diz algumas palavras me elogiando e fico morta de vergonha. Fala da Givanilda, a minha bêbada que provoca risos. Posso ver no olhar da Mirela a inveja despertada. Gosto disso.

Escrever é solitário. Às vezes seria melhor se não sentisse tanto a necessidade de ficar no meu canto pensando, escolhendo palavras, lutando para ver qual fica melhor na história. O dia lá fora bonito, a Irê deixando mensagens para a gente sair e eu aqui pelejando no teclado, querendo dizer coisas que não podem permanecer dentro de mim. Principalmente quando é domingo. A campainha toca e tento abafar a curiosidade. Não me levanto e olho pela janela. Controlo o impulso. Quero mais é ler em voz alta, tento ouvir e perceber se a sonoridade do parágrafo ficou perfeita. Repito várias vezes como em uma reza. Corto um "que", altero um verbo, mudo o sujeito da frase de lugar. Leio novamente. Ficou melhor. Ou não? Repito mais uma vez a leitura. Escapa mais uma droga de "que". São mesmo umas pestinhas. Quando acho bom o resultado não há certeza. Fica sempre o incômodo, a impressão de que poderia ter trabalhado mais. Posto ou não posto? Eis a questão. Escrever é uma obsessão danada.

Alguém bate forte na porta do quarto. Faz barulho, me assusta. Sou arrancada de dentro do texto sem a menor cerimônia. Mexem na maçaneta abrindo e fechando. Quem será? Levanto-me sentindo o pescoço duro de tanto ficar parada olhando a tela. Abro.

Irê entra como um furacão.

– Oi, miga! Tudo dibs? Você não vai ficar sentada aqui o dia todo, vai? Eu não vou deixar.

– Estava escrevendo.

– Estava, não está mais. Pegue os patins, vamos para o parque.

– Queria terminar...

– Pô, amiga! Eu saio da minha casa porque você não responde mensagens, venho até aqui e ainda tenho que gastar saliva? VAMOS PARA O PARQUE!

Irê abre a janela do quarto. Ar fresco, luz, tudo invade a escuridão da minha caverna.

O vento assobia em minhas orelhas. O movimento ritmado das pernas alternando-se faz com que alcancemos velocidade maior. Seguimos juntas, amigas, emparelhadas, o verde das árvores enchendo nossos pulmões de vida. Patinar aos domingos é tão bom...

QUANDO O CÉREBRO IGNORA TUDO À SUA VOLTA E A CABEÇA FICA VAZIA, SEM SE PRENDER A NENHUM PENSAMENTO, EVOLUÍMOS.

#

Depois do assalto, minha relação com o Júlio melhorou. A gente não fica mais se bicando. Compreendi que ele é importante para a Júlia. Ela sofreria bem mais do que eu sofri com o fim do namoro com o Paulinho caso a relação entre os dois terminasse. Eles se gostam muito, já não tenho dúvida: um dia irão se casar. Ele está sempre em casa, poderia dizer que já é uma pessoa da família se não fosse tão difícil para mim. Sou mesmo ciumenta. Reconheço, embora considere esse sentimento coisa atrasada. Apenas pessoas inseguras e pouco amadurecidas se deixam tomar por essa vontade de possuir o outro apenas para si. Bobagem. Fico teorizando e não simplifico as coisas. Somos o que somos. Sou ciumenta e ponto. Mas já aceito que minha irmã tenha um namorado.

– E aí, Maria, como vai a sua tia?

– Bem, Júlio, seu entulho.

E a gente ri de nossa própria idiotice, repetida sempre que nos encontramos.

Eles ficam sentados de mãos dadas cochichando o tempo todo no sofá da sala.

– Quem cochicha o rabo espicha!

– Quem escuta o rabo encurta!

Eles me convidaram para ir com eles para a praia no final de semana. Acho que vou. Um pouco de sol tiraria de mim esse ar de vampira.

Toca a campainha. Atendo. É o Dr. Sherlock. Será que traz notícias de minha mãe biológica? Sinto um aperto no estômago. Não sei se quero saber sobre o não sabido. Não agora. A Maria forte saiu e não sei quando volta. Tenho estado tão frágil... Mas atendo e busco coragem não sei em que lugar dentro de mim. Saber pode ser dolorido.

Ele entra todo formal, o detetive português.

– Como vais, senhorinha?

Alice vai chamar a Eulália. Bom. Prefiro falar da mãe que não foi com a mãe que é presente.

Meditação. Recomendam-me concentração e contemplação. Silêncio, paz interior, transcender é a mais elevada experiência humana. Fico impressionada, divertidamente curiosa. Aprendo. Deve-se forçar a mente a ficar quieta, só assim podemos aliviar tensões. É a forma cientificamente comprovada de nos conhecermos melhor. Quando o cérebro ignora tudo à sua volta e a cabeça fica vazia, sem se prender a nenhum pensamento, evoluímos. Incrível! Não sabia que havia tanta gente meditando no mundo.

– Descobri quem é e onde se encontra sua progenitora – diz olhando para mim.

Progenitora é feio demais, penso. Sinto as mãos suadas, mas, de repente, com a delicadeza costumeira, percebo o calor do corpo de Eulália ali do meu lado. É proposital. Ela encosta-se em mim como para me amparar. Estou tremendo, e não consigo entender por quê.

– Seguir as pistas não foi assim tão difícil – diz o lusitano com os bigodes balançando, talvez orgulhosos da competência profissional demonstrada.

Ouço a voz de Eulália longe, chegando em câmara lenta, estou toda formigando por dentro.

– O senhor poderia detalhar um pouco mais, explicar desde o começo.

Estava internada em um hospital de periferia, lá para os lados da favela Heliópolis. SUS. Alcoólatra. Passara a vida bebendo e vivendo de pequenos favores. Catava papel na rua para vender. O corpo já não aguentava, o fígado tomado pela cirrose. Carolina de Deus. Se demorássemos um pouco mais procurando não a encontraríamos viva. Deitada em um leito simples e pobre da enfermaria, aguardava seu destino certo. A morte dali a pouco. Podia ser visitada. Providenciaria tudo se quiséssemos. E eu quis.

No décimo copo as coisas se misturam. Já não percebe vontades, o pensamento amortece a realidade. Abestalhada, retalhada, fragmentada. E assim, fora de esquadro e bamba das ideias,

tenta fazer o percurso de volta. Nem cá, nem lá. E nesse meio caminho são tantas luzes piscando sonolentas que a avenida rente ao rio poluído se transforma. Os monstros dançam em sua frente. Abandona o corpo na calçada, fecha os olhos fugindo deles. Marginal Pinheiros. Ergue-se e decide sair correndo. Os bichos a perseguem até a porta do barraco. *Fade out.*

    Necessito escrever antes de dormir. Custo a conciliar o sono, toda agitada por dentro. Para mim é como se a minha personagem Givanilda, a do conto vencedor, tivesse saído da história para a vida real. Bêbada se equilibrando em direção à filha que não pode ter. Eu.

    Hoje, depois do almoço, iremos conhecer Carolina de Deus. Logo eu tão sem fé nas coisas, tão triste, com tanto medo do que irei encontrar. Talvez precise disso para fazer minha própria travessia. Amadurecer.

— FIQUE QUIETO, SENÃO DEUS MASTIGA!

#

Família reunida como acontece com a gente sempre que o evento é importante. Operação Maria-vai-conhecer-Carolina-de-Deus. Apoio sobrando, nunca pude reclamar de solidão nos momentos mais difíceis. Rubão, Eulália, pai e mãe tão amados, Júlia e Helena, a minha querida Lena, que finalmente pediu demissão e largou aquele traste de emprego sem ética. Ela agora está parada, procurando nova oportunidade. E Júlia buscando os meus olhos o tempo todo, segurando a minha mão, agarrada comigo. Até Alice manifestou desejo de vir junto. Não veio. Depois vou querer saber a razão. Talvez tenha achado ser um momento nosso demais. Boba!

Periferia, hospital. Bem diferente de GP. Falta a música do início, a câmara não mostra o hospital de longe e vai se aproximando, aproximando, até entrar no salão principal onde os médicos estão convivendo. Aqui somos jogados diretamente na cena. Médicos, funcionários, muitos pacientes esperando, exercitando ao máximo a capacidade de serem pacientes. Charme nenhum. Realidade crua e dura. Clima pesado e sombrio. Sofrimento. Observo as paredes nuas e penso em quanta dor elas já não presenciaram. Meu estômago se contrai e fico louca para ir embora. Mas preciso encontrar a minha mãe biológica, Carolina de Deus. Aquela que passou a vida catando papéis e bebendo sem ter podido zelar por mim. Está aqui perto, atrás de um desses biombos devassáveis, sem privacidade, sozinha. E eu, que nunca fui só, queria talvez dar um pouco de força para a mulher desconhecida. Mãe! Ela. A que me deu o abandono de presente. Escolha, descompromisso, irresponsabilidade. Terá sido proposital? A consciência de não poder dar de si me parece tão difícil... Não me imagino sentindo assim. Por ser criada como sou, creio poder devolver o recebido. Conheço as fórmulas. Se tiver filhos, repetirei Eulália e Rubão. Meninos, eu vi. Com eles aprendi. Como será não saber e não poder dar nada de si? Aqui, agora, isento totalmente minha mãe biológica de culpas. Não há ressentimento. Quero apenas conhecê-la. Poder dizer mais tarde, para mim mesma, que a encontrei. Mesmo que ela seja assim sem nada, esteja se despedindo da vida. De certa forma, ao me conhecer, poderá se despedir também de mim. Ou isso não é importante? Sou toda expectativa. Quero conhecer Carolina de Deus. E me sinto mansa como não costumo ser.

A menina entrou na sala correndo. As luzes na árvore apagavam e acendiam monotonamente. Gotinhas de suor no buço. Fazia calor, quase quarenta graus. Parou de repente olhando o crucifixo na parede. Tinha que se comportar para

ganhar presentes. Sentou quietinha ajeitando o vestido compenetrada. As mãozinhas no joelho. Ao primo que não parava:

– Fique quieto, senão Deus mastiga!

Carolina de Deus.

Estou aqui. Enfermaria coletiva. Alguns pacientes gemem, outros estão apenas parados, os olhos úmidos longe deste lugar triste. Nosso detetive português, dr. Sherlock, nos encontra no saguão. Muito educado e quieto, parece um pouco embaraçado com a situação. Deve ser nova para ele também, por mais experiente que seja.

– É logo ali, depois daquela cortina – informa.

Caminhamos todos juntos. Esbarro em Rubão e ele se desculpa de um jeito formal. Não dá mostras de falar com a filha.

Cabelos ralos e sebosos espalhados em um crânio coberto por algumas caspas. Olhos inchados, rosto tomado por icterícia, abdômen volumoso. Parece dormir. O médico de plantão nos informa que a paciente está no fim. Não deve viver muito tempo. Assim apagada, serena, um ou outro tremor nas pálpebras de vez em quando, passa incrível impressão de fragilidade. Comovo-me. Chego perto. Já não sou dona de meus movimentos. Roço em suas mãos. Frias, geladas. Com ternura seguro seus dedos, entrelaço-os aos meus. Ela suspira, desperta, pousa em mim olhar curioso. Durante certo tempo me observa. Tenta, segundo teoria construída ali capaz de satisfazer minhas expectativas, lembrar quem sou. Quero acreditar nisso. Ela sorri. Com a outra mão, a que tem no braço um fio que a liga ao soro, acaricia meu rosto. Deixo, não recuo. A aspereza do tato é incapaz de me arranhar. Helena se aproxima e diz baixinho, cochichando:

– Ela é bonita. O mesmo nariz.

Júlia chega perto também. Sem ter ouvido Lena, comenta, também sussurrando.

– Ela é bonita. O mesmo nariz.

Atrás de mim Rubão e Eulália. Posso sentir o calor de seus corpos me dando força.

Carolina de Deus volta a fechar os olhos. Sei que não mais os abrirá. Olho pela última vez minha mãe e torço para que esteja confortável, sem sentir dor. Não precisará mais catar papelão.

No carro. Conforto de poder voltar para casa. Sigo com a cabeça encostada no ombro de meu pai no banco de trás, ele fez questão de sentar-se ao meu lado. Mamãe me observa o tempo todo pelo retrovisor. Guia preocupada.

– Deixei tudo acertado – ele comenta baixinho, como se não fosse importante –, Carolina será enterrada no jazigo da família.

E então um poema de Manuel Bandeira me vem à lembrança, troco Irene por Carolina:

Imagino Carolina entrando no céu:

– Licença, meu branco!

E São Pedro bonachão:

– Entra, Carolina. Você não precisa pedir licença.

Embora triste, vejo beleza no fato de a poesia ter entrado em minha vida.

MARITACAS DISCUTEM NA FIGUEIRA VIZINHA. NÃO CHEGAM A UMA CONCLUSÃO E SE ATIRAM EM VOO ESTABANADO PARA O IPÊ MAIS PRÓXIMO.

\#

Química, Física, Biologia, não estou gostando de estudar. As matérias do Ensino Médio falam pouco comigo, parecem incapazes de me dizer coisas relevantes. Português e História conversam bem mais com a Maria. Aliás, estou entediada com a escola de maneira geral. Ela insiste nessa coisa de querer fazer da gente vencedores. Todo mundo precisa ter como objetivo maior na vida ganhar, nada existe além do valor competitivo. Fazem da minha amiga Irene, por exemplo, pessoa a ser batida, derrotada, é necessário ser melhor do que ela, tirar notas maiores, classificar-me em sua frente. Eu gosto dela, sofro quando vai mal, não me sinto bem vencendo. Quem falou que a única opção na vida é vencer? Sinto falta de maior colaboração. Bem que os professores, e eu gosto tanto de alguns deles, podiam trabalhar incutindo na gente maior espírito de equipe. A vida adulta é difícil, provavelmente vamos encontrar um cenário complicado nas empresas onde formos trabalhar, mas não seria melhor tentar mudar essa realidade tão cruel? Eu vejo a agonia do Rubão. Tem de cumprir metas, superá-las, é avaliado por isso. As coisas lá em casa dependem dessa capacidade dele. Ficam mais ou menos folgadas segundo esse critério. E por isso meu pai fica preocupado, perde o sono, vive pior. Sim, a qualidade de vida das pessoas se perde na angústia provocada pela necessidade de superação. A gente está na escola para aprender e ensinam uma lição capaz de fazer a gente infeliz agora e mais tarde. A infelicidade irá se perpetuar. Eu não queria ser treinada para competir, virar máquina de corrida, ter de cruzar a linha de chegada em primeiro lugar sempre, como um cavalo puro-sangue. Vencer para mim não é assim tão importante. Gosto de superar obstáculos, me esforço para fazer as coisas direito, quero ir bem pelo prazer de realizar, construir, entender os processos. Não desejo derrubar os outros, receber medalhas. Estou me lixando para o vestibular. Detesto coisas simuladas, dissimuladas, como fazer do simulado uma coisa importante? Acabei de entrar no Ensino Médio e não se fala em outra coisa. Viver três anos segundo essa perspectiva é massacrante demais. Tenho outros interesses. Além disso, ultimamente, talvez gostasse de ser preparada para algumas derrotas. Às vezes eu queria saber como aceitar certos desfechos sem tanto sofrimento. Ficar aqui sentada debaixo da julieta sozinha, no mesmo banco do meu finado namoro, pensando nessas coisas, não é um final assim tão feliz.

Pracinha de uma cidade do interior. Sento-me em um banco de madeira. Em frente, não muito distante, ergue-se palmeira imperial. Soberana. Não ouço o canto dos sabiás, embora aquela terra

também seja minha. Cadê os gorjeios, Gonçalves Dias? Paisagem quente e abafada. Maritacas discutem na figueira vizinha. Não chegam a uma conclusão e se atiram em voo estabanado para o ipê mais próximo. Roxo, com poucas flores. Mergulhados em algazarra semelhante, um grupo de jovens resolve dividir espaço comigo na esperança de que talvez eu saia dali, vaze. Não vazo. Espremem-se, sentam-se uns no colo dos outros. Pego o celular e finjo distrair-me. Interessa-me aquela proximidade. Reparo. Camiseta amarela: "Keep calm e torce pelo Brasil". Um rapazinho com voz afetada pontífica: "Ela veio com nós, vai voltar com nós". Sofro. A rádio local anuncia o início da programação. Nos alto-falantes ecoa a voz bonita de Marisa Monte. Acompanho, canto por dentro. Observo com prazer a natureza luminosa. Os garotos confabulam, riem, há carinho entre eles. Alguém vê uma colega passando longe. "Olha lá a Dandara!" Falam mal dela. Vestem roupas pesadas, escuras, alguns usam gorros de lã. De certa forma se escondem. De quem? Mostram-se entre si. Duas mocinhas se afastam de mãos dadas. Cochicham. Ficam sérias, encaram-se. Depois se abraçam e beijam-se no rosto. Voltam. Todos conversam esquecidos de mim. Juntos. Não me notam. Tim Maia pede que lhes deem motivo. A moreninha mais ajeitada reclama: "Podiam tocar funk". Sofro novamente. Ergue os braços, segura a própria cabeça com as mãos onde unhas azuis gritam. Abraça a nuca e imita o ritmo sensual como se ouvisse o som desejado. Ondula, desce quase até o chão em seu rebolado lascivo. O líder, aquele que sabe conjugar verbos, decide: "Está quente demais, a gente precisamos sair daqui". Voam para longe enquanto sofro pela terceira vez. E já que o calor realmente incomoda, abandono meu posto também.

A conversa com o Rubão não sai de minha cabeça. Medicina talvez não seja mesmo meu barato. Já não tenho visto tanto GP. A leitura ganhou espaço, engoliu as séries. Quando pego um livro e o enredo me prende, o mergulho é total. Irrita-me ter que fazer outra coisa, por mim ficava sozinha em meu canto vivendo nas páginas do romance. Como resultado sinto meu texto melhor, mais fluente. Escrever sempre vai ser difícil, sou perfeccionista demais para aceitar qualquer palavra que chega não sei de onde. Sim, sempre tive a impressão de que elas se intrometem, baixam de algum lugar oferecidas, insinuantes, doidas para entrar nas minhas histórias. Mas, paradoxalmente, está mais fácil montar as frases, encadeá-las, deixá-las sonoras e enxutas. A briga com as palavras sempre irá existir acirrada, mas luto cada vez com maior facilidade e segurança, tenho mais armas. Está aí o *Maria vai com poucas* que não me deixa mentir. O *blog* fazendo sucesso, indo cada vez melhor, deixando eu me sentir escritora. Como poucos colegas da escola gostam de ler, nem sempre tenho com quem falar sobre leituras fora de casa. Seria bacana estudar em um lugar onde a literatura fosse interesse comum. Letras? Caminho mais natural e fácil sem dúvida. E viajar. Intercâmbio. Tenho pensado muito em sair do Brasil um tempo. Gostaria de conhecer outras culturas.

MEU CORAÇÃO CONSEGUE PULSAR COM A SONORIDADE DE UM CONTRABAIXO, MARCAR O RITMO COMO UM PEDAL BATENDO NO BUMBO.

#

A Helena finalmente arranjou emprego. Está feliz, bom ver minha irmã retomar a leveza, sorrir, viver. Começa na próxima semana e me convidou para sair hoje à noite para aproveitar o restinho da folga. Vamos a um barzinho da Vila Madalena. Lá toca música brasileira, nós duas gostamos de cantar. Beleza balada com ela. Seria bom se a Júlia pudesse vir também, quem sabe consigo convencê-la a sair sem o Júlio? Talvez dê certo, acho que ele tem aula na faculdade hoje. Melhor só a gente. Nós três, irmãs, amigas. Antecipo, como sempre, a noitada. Não deveria fazer isso com tanta frequência. Acabo criando expectativa, imaginando cenários muito mais favoráveis. Em minha fantasia tudo é perfeito, a diversão está invariavelmente garantida. Antecipo a canção favorita, aquela cuja letra diz palavras do meu coração, faço dueto afinado com a Lena, canto em segunda voz e um menino bonito da mesa vizinha se apaixona por mim ao me ouvir. Depois, no mundo real, muitas vezes acabo me frustrando. Nem sempre os sonhos são exatamente assim tão perfeitos. Caso conseguisse viver menos por antecipação às situações, poderia estar mais relaxada mais tarde, no momento presente. A Maria precisaria ser menos controladora. Querer tanto saber com antecedência como as coisas irão acontecer, prever como gira o mundo é querer enquadrar o tempo. Não tenho esse poder. Aceitar surpresas e lidar bem com elas faz parte do jogo.

Toca essa canção para mim. Música. Poucas coisas são capazes de me preencher tão completamente. *Sing a song*. Cresci prestando atenção nas letras, buscando entender os significados. Quando um piano roça a alma me arrepio inteira. Sinto os cabelos pinicando o couro cabeludo e me seguro para não sair por aí dançando. Meu coração consegue pulsar com a sonoridade de um contrabaixo, marcar o ritmo como um pedal batendo no bumbo. E se um sax invade com sua ternura a melodia, meus olhos se enchem de lágrimas. Eu não sei tocar, embora fosse capaz de qualquer coisa para ter o dom de fazer um instrumento falar. É o som quem me toca. Tange minhas cordas, teclado, sopra os metais que deveriam brilhar em mim. Toca essa canção. O solo da clarineta está me fazendo um bem danado. O riso assim declarado e claro é de alegria. Os violinos me puseram desse jeito, feliz. E, se eu canto enlevada e vibrando com as notas, é por entender o sentido dos versos. Conecto-me tão completamente com o amor sincopado neste dia de sol que, vá lá, sem dó, aceito o melisma exagerado. Porque cantar também é brincar dando o melhor de si.

O escuro não consegue apagar o sorriso dele quando procura meus olhos. A Júlia já percebeu e me deu um toque:

– O gatinho está na sua.

Nem precisava. Estamos nesse jogo desde que chegamos. Eu nunca tive muito jeito com meninos, mas não consigo evitar. Quando levanto e começo a cantar, jogo os braços para cima e amanhã vai ser outro dia. Ele se aproxima, canta mais perto, parece me ver por dentro. E fica por ali. A Lena de olho. Ela pensa que eu não sei que está tomando conta de mim.

Então vem o intervalo e os músicos dão um tempo. Quase silêncio, colocam som ambiente. Dá para conversar. Gustavo. Maria.

Escola, cinema, livros, Chico Buarque, esquerda, ciclovias, faculdade, estágio, patins, parque, cachorro, Rabicó, *blog*, *Maria vai com poucas*, *vlog*, *Lord Broken Pottery*, cachorro, Caco, irmãs, irmãos, Lena, Júlia, Tiago, Francisco, pai, mãe, Pinheiros, lasanha, feijoada, MPB, rock, intercâmbio, Eulália, Rubens,

Márcia, Luiz, doce, salgado, USP, ECA, crise, imprensa, séries, GP, ler, escrever, filmar, celular, casa, apartamento, futebol, Corinthians, Santos, verão, inverno, Medicina, Letras, Audiovisual, chope, guaraná, dezenove, quinze, amigo, Henrique, amiga, Irene, *Kill Bill*, Tarantino, Paris, Woody Allen, Beatles, Miles Davis, adotada, poesia, Fernando Pessoa, Manuel Bandeira, *O guardador de rebanhos*, *Pasárgada*, dengue, lua, beijo.

    Incrível como a gente tem interesses parecidos. Ele é mais velho, está no segundo ano de Audiovisual, na ECA. Tem um *vlog*, o *Lord Broken Pottery*, onde posta as experiências que faz em termos de filme. Prometo entrar, assistir e dizer o que acho. Quando estranho o nome, diz que é uma mistura de Harry Potter, o ídolo de infância, com Caco (pote quebrado em inglês), seu cachorro. Ele, por outro lado, diz que vai ler meu blog. Quer saber a razão de eu ir com poucas. Conto a história da Mirela, essa coisa de eu ser seletiva. Diz que não pareço. O som volta e a gente sai. Lá fora, na entrada, tem menos barulho. A Lena faz cara feia e a Júlia manda ela relaxar. Ele gosta dos mesmos filmes, leu os mesmos livros, o único defeito é não ser corinthiano. Quando falamos de poesia, recita de cor um trecho de um poema do Manuel Bandeira. Diz que faz versos como quem morre. Acho que foi nesse exato momento que me apaixonei. Ou foi quando nos beijamos?

A LUZ TEM ESSA COISA DE ACENDER FELICIDADE NO PEITO.

#

Estamos aqui na praça de minha infância onde o Rabicó, um dia, mostrou seu jeito de herói. O Gustavo e eu. Demos nossa corridinha diária. Pouco mais de dois anos desde o início da relação. Depois do encontro no barzinho da Vila Madá não paramos mais de falar. Quero e preciso saber da opinião dele sobre tudo. Temos sempre tanta coisa a dizer... A julieta de meu namoro com o Paulinho foi substituída. Agora, neste banco refúgio onde a gente vem quase todo dia, existem várias árvores ao redor. Final de primavera, estão em flor. Oferecem festival de cores e amanhecer fresco. Ar limpo, bom de respirar. A manhã parece gostar da gente e os passarinhos também. Um deles acaba de me brindar. Uso a água que trouxemos para limpar a sujeira do ombro. Não fico brava. Damos risada juntos. Pardalzinho mais ousado! O Gustavo e eu aqui na praça. O dia começou bem. Nada é capaz de estragar o bom humor. O final do ano está próximo. Depois do Natal viajo.

A praça está repleta de pinheiros transportados. Sabe-se lá de onde cortaram aqueles patéticos vegetais. Com tamanhos variados competem lado a lado, oferecendo-se aos que passam. Existem pessoas que os

compram, ansiosas por enfeitá-los com bolas coloridas. Quando diariamente tomo meu café da manhã, na padaria em frente, contemplo esta paisagem triste, natureza morta. Fico ali sentada, segurando a xícara com as duas mãos, observando, através da fumaça do leite quente, esse estranho exército verde tremulando, perfilado, bem-
-comportado, disposto como em um coral. Os mais altos atrás, os médios no meio, os bem pequenos na frente. Se aquelas árvores soubessem cantar entoariam uma canção triste, tão cheia de mágoa e dor, que as pessoas lembrariam do Natal de forma diferente.

O blog vai bem, continua sendo sucesso. O Fã virou meu amigo. Escrevo uma coluna diária em um jornal, sou a mais jovem colunista. Medicina parece um sonho distante e infantil. Está totalmente fora de minhas cogitações. Sobram dúvidas, muitas. Acho que nunca vou deixar de buscar respostas. As malas estão prontas, embarco hoje mais tarde. Inglaterra, estudar inglês, ganhar experiência vivendo fora de casa, longe do carinho de Eulália e Rubão, do amor de minhas irmãs Helena e Júlia. Aprenderei a lidar com a saudade. Como será viver longe do Gustavo? Será que a relação irá resistir? Mais questões, sempre elas. Na volta decido minha vida.

Frio. O mar daqui tem gaivotas. Elas passam gritando e o efeito em mim é imediato. Música e mistério. O som combina com as ondas batendo na praia de pedras. Nostalgia, no entanto. Encolho-me sentada no banco do píer e observo a natureza escura. O vento gela minhas orelhas e me encolho toda, mãos enluvadas no bolso do casaco pesado. Com um lenço enxugo o nariz. Ele teima em escorrer, avermelha irritado. Ajeito melhor o gorro de lã, encolho o pescoço apertando o cachecol, encorujo-me. No horizonte, linha quase negra, imagino minha terra. Do outro lado o Brasil de um sol para cada um. Aqui o cinzento invade a alma, entristece a gente mesmo sem haver motivo. A luz tem essa coisa de acender felicidade no peito. Não há explicação. Só estando sozinha, neste lugar de histórias antigas, essa coisa meio celta, consigo entender. Mais sentir, menos saber. A claridade é como um interruptor. A falta dela desliga em nós a alegria, leva embora o humor, traz esse impulso suicida. Ao mesmo tempo, e aí há enorme contradição, existe beleza demais neste cenário de filme de terror. O saldo é positivo. Observo os meninos brincando com a bola. Gordos de tanta roupa. Corados. Chutam, correm, gritam gol que gol é gol em qualquer lugar. Ergo-me e continuo meu caminho. O intervalo para o almoço quase terminando. Preciso fazer amizades para poder falar inglês.

Saí de Hastings, East Sussex, UK, onde estou estudando e vim passar o final de semana em Dublin. Sempre quis conhecer a Irlanda, este país de tantos escritores importantes. Embora ainda não tenha lido, sei da importância de James Joyce, Oscar Wilde, Samuel Beckett. Vou visitar o Dublin Writers Museum, o Rubão recomendou. Falei com a família pelo computador. É sempre a maior farra, todo mundo dizendo coisas ao mesmo tempo. Saudade. Converso todo dia com o Gustavo, mas começa a faltar assunto. Alguns silêncios. Vim com um colega italiano, o Piero, e a Dolores, amiga de Madri. Incrível como os meninos italianos são bonitos. À noite iremos a uma apresentação do Lago dos Cisnes, do Tchaikovsky, com o Royal Ballet.

A música e o movimento dos bailarinos entram pelos sete buracos da minha cabeça. Mal consigo conter a emoção. A história do príncipe Siegfried e sua amada Odette é linda demais. O Piero é lindo demais e sensível, também está chorando. Como resistir a um homem chorando? Dúvidas, sempre dúvidas.

#AUTOR E OBRA

Eu costumava assinar Ricardo Filho, mas resolvi incorporar o Ramos também, agora sou Ricardo Ramos Filho. Talvez por ter aprendido com Maria que a gente tem de ser o que é. Já quis estudar Medicina. Não passei no vestibular e foi bom. Não conseguiria lidar com a dor das pessoas. Sou formado em Matemática pela PUC de São Paulo, trabalhei a vida inteira na área de TI de um banco e sempre gostei de escrever. Hoje eu adoro estudar! Fiz mestrado em Letras na USP, estou concluindo um doutorado em Literatura Infantil e Juvenil. Por que pular da Matemática para a Literatura? Vai explicar... Quando era jovem, queria fazer alguma coisa diferente do meu avô e do meu pai, eles também foram escritores, os dois já morreram. Não adiantou tentar fugir. A gente, felizmente, não escapa do que gosta. Já criei diversas personagens, converso com elas, gosto de viajar, vivo ouvindo

ramosfilhoricardo

Arquivo do autor

música, sou professor de Literatura na FMU, casado com Maristela, a quem o livro é dedicado.

    Maria tem muito de mim. Narrei a história em primeira pessoa, pois sempre quis tentar sentir como as meninas de 15 anos sentem. Pela primeira vez bateu forte a vontade de mergulhar de cabeça em um coração assim diferente do meu, feminino. E, quando decidi falar por ela, ser ela, transformar seus desejos nos meus próprios, percebi que, para trazer a verdade necessária, precisaria deixar a Maria tomar conta de tudo, escolher as palavras, ser totalmente ela. Nem precisei chamar. Ela veio e se impôs. Comigo, logo ela, incapaz de ir com qualquer um. Se a Maria gosta tanto de escrever, eu adorei escrever com ela. Acho a Maria o máximo!

Ricardo Ramos Filho

#MARIAVAICOMPOUCAS